KB089727

상하이 모던

그 시절 나의 모든 사람들

우유진 산문집

청색종이

넌 어때?

넌 어때? 라는 말을 들을 때마다 고민도 하지 않고 좋아라고 답했다. 그곳은 별천지구나, 라는 대답을 끝으로 대화창을 닫았다. 모르는 세상에 대해서 함부로 말하지 말아야지 다짐했던 날들이었다.

날마다 어떻게 채워나가야 할지 막막해서 인터넷에 물어보기까지 했다. 여기저기 기웃거리다 우연히 말이 통하는 사람을 만나면 알게 된 정보를 전부 다 전해주고 싶었다. 길에서 만나는 누구라도 가끔은 그리웠고 맑은 하늘을 가로지르는 비행기구름을 보면 나도 모르게 설렜다.

길고양이와 앨리스와 부동산 아저씨, 집주인 총각, 9층 티엔 따제제, 11층 리 제제, 링링이……. 그들 속에서 지냈지만 그들이 되지 못했다. 그들 또한 내가 되지 못했다. 그렇지만 우리는 친구였다. 말이 달라도 마음은 다르지 않았다. 속도가 다를 뿐 사람 사는 마을에는 닮은 온기가 언제나 있었다.

먼저 울음을 터뜨린 것은 나였다. 함께 마시는 꽃차는 향기로웠고 따뜻했다. 난방이 되지 않는 집이라도 좋았다. 저녁때면 누가 먼저랄 것도 없이 풍기는 고소한 냄새들. 익숙한 손길로 만들어주던 만두는 볼 때마다 감탄을 자아냈다. 음식을 나누는 마음을 나는 안다. 천 마디 말보다 가까운, 이방인의 고단한 삶을 품어주는 큰 힘. 건네받은 접시는 언제나 따뜻했다. 갓 구운 만두라서가 아닌 올곧이 전해져오는 마음, 그 마음이 하필 헤어지는 그 자리에서 떠올랐다.

내일은 더 좋을 거야, 설익은 시간 앞에서 우왕좌왕하던 나를 잡아주던 말. 그래서 그때가 참 좋았다라고 말한다. 처음 내 이름을 부르던 날, 이름은 있고 나는 없었다. 두리번거리지도 않았고 아는 체하지도 않았다. 그 이름이 나를 지칭한다는 것을 알았을 때 우리는 더 많은 이야기를 나눌 수 있었다. 익명의 이야기처럼 사라질 몇몇 개의 사건들과 생각들을 모아놓고 이름을 붙이려 하니 모두 그곳이었다. 낯선 도시였지만 익숙해진 그래서 떠올릴 때마다 그리운, 좀 더 많은 것을 담아내지 않았음이 아쉬울 따름이다.

여행이라고 하기에는 긴 시간, 익숙함이 되어버린 나의 생활에 매듭을 지어주고 싶다. 나무의 나이테처럼 그렇게 생활을 묶어낸다면 지나간 날들이 외롭지만은 않을 것이다. 날마다 소중한 지금처럼, 그 시절 내가 좋아했던 모든 사람들과 풍경들, 거리들에게 안부를 전한다.

넌 어때? 변해가는 건 사람만이 아니다. 건물도 골목도 도로를 지켜주던 가로수마저도 변하고 있다. 몰아치는 광풍처럼 날마다 달라지는 도시의 소식을 전해 들을 때마다 느끼는 아쉬움. 누구에게는 너무 큰 도시였고 누구에게는 볼거리가 많지 않은 도시였다. 큰길을 지나면 작은 샛길들이 여전히 많은, 그래서 할 이야기가 많은 그곳에서 나는 한동안 세 들어 살았다.

다시 시작한다면 같은 낯섦과 같은 불편함을 만나겠지만 그 속에도 이야기는 있을 것이다. 모르는 일투성이인 내 삶에 쉬어가듯 만난 동네, 그곳은 사라지지 않을 것이다.

칭다오에서, 우유진

목차

서문 | 넌 어때?　3

1부 좀 더 가까이 말에게 다가갈 수 있을지

당신의 몸은 총명하다　13

볶음면　16

딩저　21

빠오위　24

꼭지 달린 토마토　28

맑은 날에는 씽씽 극장　31

팅 부동　35

식어도 참 맛있다　38

남의 집 볕이 더 커 보인다　42

귀니엔　50

김치의 행방　54

눈 오는 밤　58

옆집과 같은 문을 써도　62

알 쇼우 이푸　65

곧 돌아오면 좋겠다　69

울타리 콩이 자라고　73

노부인은 손톱기와에 사는데　76

카오삥이 담긴 접시처럼　81

듣기 싫은 말　85

2부 아프다는 말을 하면 그 순간

맥주와 체중계   91

14분 47초   95

목에는 비닐 끈을 매고서   102

감자는 언제나 옳다   106

빵집 쿠폰은 이달 말까지   109

쩐쩐, 니 짜이 나리?   112

시 쓰기 좋은 계절   116

지금 바로 도전하세요   120

고양이의 죽음   123

서른이 되면   126

왕관을 짊어진   131

가끔 그는 은행 길로 돌아왔다   134

기다림의 시간   138

아프다   141

마음을 얻다   148

두 번째 맛   151

부드러운 게으름   154

언젠가는 쓸모 있을 거야   157

3부 익숙해지면 잃어버리는

감기   163

니 레이 마?   166

눈치가 보였어, 분홍색 꽃잎에게   171

이해한다는 말은 수상해   178

사치스러운 일   182

물고기와 노란 부리 새   185

새우   188

청소기 속 먼지 봉투를 바꾸니   191

소년과 거짓말   194

멀리서 봐야 잘 보이는 것   197

타이밍   201

꾸춘 꿈위엔에 갈까   204

힐링 푸드   208

단계를 지나는 일   212

달이 뜨듯, 방범 카메라가 있다   215

덧입다   218

아기 자세   221

1부

좀 더 가까이 말에게 다가갈 수 있을지

당신의 몸은 총명하다

"당신의 몸은 총명하다." 이 말을 듣고 고민에 빠졌다. 과연 몸이 총명할 수 있을까. 혹은 단어 사용이 잘못된 것은 아닐까. 다른 뜻을 지닌 총명이 있었단 말인가. 어제 요가를 하다가 들은 말이었다. "니더 션티 헌 총밍." 그 순간 멍하게 서 있었다. 내가 아는 총명은 분명 이 상황에서 나올 수 없는 말이었다. 그렇다고 중국인이 틀린 문장을 쓴다고 생각할 수는 없었다.

내 언어 반경에서도 총명이라는 단어는 매번 나타나지 않는 드문 단어 중 하나였다. 총명이라는 단어를 가장 많이 접했던 책은 위인전이었다. 어린 시절 내가 읽어낸 위인전 주인공들은 한결같이 총명한 사람이었다. 비록 그들은 다른 시간과 환경 속에서 살았지만 그들을 한 줄로 풀어내면 그 문장에는 총명이라는 단어가 꼭 들어가 있었다. 위인들의 삶을 풀어낼 때 쓰던 가장 적합한 단어 총명이 갑자기 일상어로 전락 아닌 전락을 하였다. 생각해 보면 '찬란'이라는 단어도 일상화된 말 중 하나였다. 유구한 역사나 아름다운 예술 작품 앞이 아니더라도 찬란하다는 말은 등장한다. "네 웃음이 찬란하다"는 말에 사전을 뒤져보면 찬란은 내가 알고 있는 그 찬란인데 듣는 찬란은 분명 달랐다. 사람들의 생각을 따라서 흐르는 말이 어느 지점에서 갈라진다. 가만 보니 중국 사람들의 언어 습관에는 과장이 있었다. 굳이 언어의 깊이를 따져 보지 않는다 하더라도 참으로 얕은 언어 지식에 기대어 살았음을 반증하는 말, "니더 션티 헌 총밍."

처음 총명이라는 말을 듣고 홀로 으쓱했다. 내 말에 맞장구치는 중국 할머니가 불쑥 내뱉은 말, "니스 헌 총밍." 똑똑하다는 말을 들었을 때 감출 수 없는 자만감, 바로 그거였다. 그런데 시간이 지날수록 대개의 중국 사람들은 총명이라는 말을 하오라는 말처럼 쓰고 있다는 걸 알았다. 정말 똑똑해서가 아니라 좋다는 의미의 최상급 표현처럼 쓰고 있었다. 게다가 상대가 외국인이면 총명은 자주 언급되었다. 그런 의미에서 찾은 총명은 하오의 다른 말이었을까. 중국어 사전을 찾아보니 영어 단어 Sensitive가 총명의 의미 아랫자락을 지키고 있었다. 익숙하지 않은 말에서 생활을 하려니 그 깊이를 향해 가는 일은 언제나 속도가 느리다. 결국 몸으로 익히는 수밖에 별 다른 수가 없다. 총명한 션티를 지닌 나는 좀 더 가까이 말에게 다가갈 수 있을지도 모른다. 그런 까닭에 다시 한 번 총명과 찬란을 기억하고 써 본다.

볶음면

사실 저녁 산보는 이유가 있었다. 낮에는 결코 볼 수 없는 풍경을 만나야 한다는 일념이라기보다는 가끔 찾아오는 노점이 궁금해서였다. 9월 입학식을 한 학교 앞은 활기가 넘친다. 늦은 시간까지 불 밝힌 상점과 거리는 들뜬 분위기마저 있었다.

상해대학교 남문 사거리, 신호등 앞에서 볶음면을 파는 아주머니는 얼굴이 무척 작았다. 얼굴만 보면 커다란 웍을 들 수 있을까 싶었는데 세 개의 웍을 자유자재로 쓰고 있었다. 상해시의 정책 때문인지 노점에서 물건이나 주전부리를 살 기회가 점점 희박해졌다. 그러던 찰나 우연히 만난 볶음면 리어카는 고향 친구를 만난 듯 반가웠다.

누군가 먼저 주문한 볶음면의 조리 과정을 가만히 지켜본다. 면의 종류는 5가지(굵기에 따라 이름이 다르다.), 계란과 돼지고기 그리고 숙주와 청경채. 재료를 나열하니 참 단촐하다. 양념은 간장과 식초 고춧가루 소금 후춧가루 그리고 미원이었다. 아주머니만의 비법이라든가 특별히 공수해 온 어떤 것은 찾아 볼 수가 없었다. 사거리에서 리어카를 펼쳐놓고 즉석에서 만들어주는 볶음면이니 감출 것도 숨길 것도 없는 그야말로 오픈 주방이다. 고기를 넣지 않은 볶음면은 무조건 10위엔이었다. 고기를 추가하거나 계란을 추가하면 당연히 가격은 오른다. 미식가와는 정말 거리가 먼 나이기에 맛을 평가한다는 건 어림도 없는 일이지만 노점에서 먹는 음식은 전부 다 맛있다. 그냥 좋다.

아주머니는 나를 기억하는지 아니면 오늘따라 기분이 좋은지 아는 체하면서 숙주와 청경채를 후하게 넣어 면을 볶는다. 저녁 9시, 중국 시간으로는 늦다. 대개의 중국 사람들은 10시에 취침하는 것을 원칙으로 삼는 듯하다. 아니 노인과 어린아이가 많은 우리 동네는 유난히 밤이 길다. 특별한 경우가 아니면 대개 오후 5시 정각에 퇴근을 한다. 그리고 6시에 저녁을 먹은 뒤, 가볍게 저녁 산책을 하면 밤 10시쯤 불 꺼진 집들이 많다. 그런데 학교 앞이라서 그런지 이 시간에도 늦은 저녁을 먹는 사람들이 있었다.

내가 주문한 볶음면이 화려하게 만들어지고 있을 때 중년의 남자가 볶음면을 주문한다. 늦게 퇴근하고 집으로 가다 마침 노점 볶음면을 발견한 모양이다. 그는 얼마나 기다려야 하는지를 제일 먼저 물었다. 아마도 아직 저녁을 먹지 못한 듯싶다. 으레 그렇듯이 주인아주머니는 새로운 손님에게 당신 옆에 있는 사람은 중국 사람이 아니라는

말로 주의를 환기했다. 중년의 남자는 의심쩍은 표정으로 "말도 안 되는 소리야. 누가 중국 사람이 아니야. 중국 사람 뿐인데……." 그러다 나와 눈이 마주쳤다. 찬찬히 나를 뜯어 보다가 그는 결심한 듯 당연히 중국 사람인 줄 알았다며 말을 흐린다. 늦은 저녁 시간, 노점상 볶음면을 먹으려고 줄을 선 여자는 당연히 중국 사람이어야 한다. 뭔가 이상하기도 하고 한편으로 아쉽기도 했지만 중년의 남자보다도 노점의 볶음면을 더 좋아하는 나는 어쩌면 더는 외국인이 아니어야 했다.

상해 시에서 점점 사라져가는 노점. 그래서 우연히 발견이라도 하는 날에는 출석 도장을 찍듯 그곳을 찾게 된다. 사실 배가 고파서라기보다는 그렇게 기다리며 만나는 사람들을 구경하는 재미가 더 컸다. 게다가 언제 종적을 감출지 모른다는 생각에 일부러 늦은 저녁 볶음면 리어카를 찾아 나선다.

도시는 흐트러짐을 싫어하는 탓에 사거리는 반듯함을 유지하려 애쓴다. 비닐봉지에 담긴 볶음면에서 김이 난다. 젓가락으로 길게 들어 올리니 한 덩어리로 뭉쳐져 쉽게 떨어지지 않는다. 노점에 대한 추억도 이와 같지 않을까.

딩저 *

그녀는 외눈이다. 한쪽 눈은 시력을 상실한 지 오래되었고 그마저도 사팔눈이라서 어디서건 눈에 띄었다. 150센티미터가 겨우 넘는 작은 키에 왜소한 몸은 아무리 옷을 많이 껴입는 겨울이라도 금방 표가 났다.

우리 동네 수영장 여자 탈의실 미화원인 그녀. 키 큰 빗자루와 쓰레받기를 든 채 말없이 탈의실 입구 쪽 벽에 서 있다. 수영복을 갈아입는 뒷모습, 타월로 감싼 수다스러운 몸짓, 거울 앞에서 공들여 치장하는 손놀림까지 그녀의 눈에는 정지된 화면처럼 저장된다. 막 수영을 하고 나온 내가 물기를 뚝뚝 떨어뜨리면서 라커룸으로 향할 때 정수기 옆 벽에 꽉 박혀 있던 그녀의 눈이 나를 따라왔다. 바닥에 떨어뜨린 물기 때문이었나 싶어 조심스럽게 몸을 돌리다가 어느 각도에서 그녀의 눈과 내 눈이 마주쳤나 보다. 얼떨결에 인사를 하니 그녀의 눈이 더 이상 나를 쫓아오지 않는다.

---

* 딩저(町着): 한 곳을 오래 응시하다.

들어오는 사람, 나가는 사람, 대개는 벽에 붙어 있는 그녀에게 관심이 없었다. 정수기 옆자리 정도로 인식되었던 그녀가 움직인다. 한바탕 요란스럽게 몸짓을 해대던 여인들이 사라진 자리, 어김없이 화장지며 비닐 봉투가 남아있다. 조용히 라커룸을 열어 쓰레기를 집고 걸레질을 하는 그녀의 눈은 여전히 딩저였다. 어딘가를 향한 눈, 아니 그녀는 분명 정확한 어느 지점을 보고 있을 터인데 내게는 그곳이 어느 지점인지 알 수 없었다. 마주칠 때마다 웃는 그녀의 입 속은 가지런했다. 우리가 나누는 말, 지금 온 거야? 운동 힘들어? 잘 있어. 세 마디였다. 처음 만나서 나눴던 대화는 더 이상 다른 화제를 이끌어내지 못했다. 세 마디 말이 끝나면 언제나처럼 그녀는 딩저였다. 그녀의 눈이 향한 곳에는 내가 없었지만 그녀와 나는 같은 공간에 있었고 상투적이긴 해도 다정한 대화였다. 나 또한 그녀를 딩저 한다. 그녀가 정수기 옆자리에서 빠져나올 때 허리를 숙여 떨어진 휴지를 주울 때 뒷모습을 보이며 사라질 때까지 그녀를 딩저한다.

나를 스쳐가는 사람들 중에 내가 딩저하는 대상은 언제나 비슷했다. 그도 그렇다. 어깨 높이가 크게 차이가 나는 따슈슈, 항상 분주하게 움직였고 게다가 즐거움에 넘쳤다. 하루 일을 마치고 돌아가는 어느 저녁, 따슈슈가 어깨를 흔들며 지나간다. 말갛게 얼굴을 씻고 낮에 입었던 먼지 많은 작업복을 벗었지만 멀리서도 그의 뒷모습은 눈에 띄었다. 시소처럼 어긋난 어깨, 그 위로 올려진 많은 물건들. 그의 뒤를 따라 같은 계단을 오른 적이 있었다. 그를 지나 먼저 갈 수 있었지만 왠지 미안한 생각이 들어서 천천히 그가 계단 끝을 다 오를 때까지 기다렸다. 40개 정도의 계단을 두 번 정도 쉬면서 오르는 그의 가쁜 숨소리는 한 발 떨어져 걷는 내게 생생하게 들려왔다. 듣는 사람마저도 숨 가쁜 호흡, 땀을 씻는 그의 얼굴은 여전히 웃고 있었다. 그런 그의 얼굴이 내 눈에 박혔고 그는 모르고 나만 아는 따슈슈가 되었다.

여리고 약한 마음들은 소리를 잘 낸다. 그 소리를 듣는 마음 또한 여리고 약한 마음이리라. 큰 힘을 지니지 못한 나는 내 키보다 높은 곳을 바라보는 일은 좀처럼 하지 못한다. 높은 곳은 언제나 손에 땀을 쥐게 하였고 스스로를 괴롭히기까지 하였다. 여린 마음은 한 번의 눈빛에도 오래전부터 알고 지내던 사이처럼 다정함을 느끼게 해준다. 비록 그녀와 나, 그와 나는 잘 알지 못하는 사이지만 우리는 같은 의미로 서로를 혹은 같은 공간을 딩저한다.

빠오위

어느 하늘에서건 비구름이 있어야 비가 내린다. 빠오위, 최근 일기예보에서 자주 등장하는 단어다. 비를 담은 비구름이 온다 하니 미리 우산을 준비하시기 바랍니다, 익숙한 멘트였고 당연한 말이었는데 중국어로 들으니 전혀 다른 느낌이 되었다. 빠오라는 말에는 품고 있다는 의미가 먼저였다. 비를 품고 있는 구름이라는 말, 그래서 적당한 양의 비가 내린다는 말 같아서 따뜻함마저 느껴졌다.

중국어는 성조에 따라 소리는 같아도 전혀 다른 뜻을 말하기도 하는데 빠오위는 한자가 다른, 폭우라는 뜻도 있었다. 엄밀히 말하면 성조도 다르고 한자도 다르니 같은 말로 볼 수 없다. 내가 들었던 빠오위는 폭우는 아니다. 아니 어쩌면 폭우를 말하고 있었는데 들

는 내 귀에는 충분한 양의 비로 들렸으리라. 비를 품고 있다는 말, 충만함이 먼저 손 내민다. 많은 양의 비를 품은 구름이 온다 하니 우산을 준비하세요, 라는 말을 라디오에서 들었다면 아 지긋지긋한 장마는 언제나 끝이 날까 하며 툴툴거렸을 것이다. 대신 빠오위라는 말을 들으니 허전한 마음이 순간적으로 꽉 채워졌다. 엄마가 아기를 안고 있는 모습처럼 구름이 비를 꽉 채운 채 천천히 다가오고 있다. 어느 지점에서 쏟아낼지 모를 그 비를 찾는다. 말이 주는 힘이라고 할 수 있을까.

감성이 점점 촉을 세우고 있어 누가 뭐라 하지 않았는데도 기죽어 있을 때가 많다. 본마음과의 마주함, 거창하게 자아성찰이라고까지 이름 짓고 싶지는 않지만 비슷한 의미로도 하루하루는 쉽게 지나가지 않는다. 크고 작은 일들이 연이어 벌어지고 그 속에 내가 들어가 있을 때도 있고 가끔은 구경꾼으로 지나갈 때도 있지만 말로 의미를 채우며 하루를 지워나간다. 오늘 하루는 정말 꽉 찬 시간이었어, 들리는 말에다 의미를 붙이고 마침표를 찍는다. 그리고 돌아서서 중국어를 유창하게 구사하는 인간 번역기가 곁에 있으면 얼마나 좋을까, 몇 년을 살아도 쉽게 지워지지 않는 마음이다.

헛헛함을 꽉 안아주는 말, 빠오위. 빠오즈는 어떤가요? 치엔빠오와 슈빠오도 있는데 그들은 안 되나요? 하고 묻는다면 고개를 가로저으면서 당당하게 노라고 답할 것이다. 적당한 비를 내려주는 빠오위라는 말에는 숨길 수 없는 따뜻함이 들어 있다.

엄마 손은 크고 투박하고 거칠다. 그렇지만 언제나 따뜻했다. 언 손을 따뜻하게 잡아주는 엄마 손은 말이 필요 없을 만큼 다정하다. 엄마처럼 구름이 비를 담고 있다 한다. 저 구름에서 쏟아지는 비는 분명 적당히 필요한 비였다. 넘치지도 부족하지도 않은, 게다가 시기마저 적확한 비가 바로 쏟아지는 게 아니라 구름이 담고 있다가 때에 맞춰 내려준다. 얼마나 아름다운 일인가. 얼마나 따뜻한 풍경인가.

밤하늘이 푸르다. 어느 자리에도 비를 담은 구름의 모습은 보이지 않는다. 날마다 38도를 넘는 한낮에 빠오위가 지나간다면(이럴 때에는 소나기라는 의미의 레쩐위를 쓴다) 더위를 식힐 적당한 비가 될 것이다. 고요한 한낮의 거리가 생기로 살아나고 지쳐 있는 얼굴들이 청량감으로 웃을 것이다. 딱 그럴 만큼의 비를 담은 구름이 어느 하늘에서인가 온다는 소식을 듣고 싶다. 밤거리를 걸어도 빠오위의 소식은 들리지 않는다. 먼 하늘 끝에서부터 비를 담아 오는지 생각보다 오래 걸리는 것 같다. 저물녘, 일 나간 엄마를 기다리는 어린 날처럼 빠오위를 기다리며 선이 굵은 더위를 잊어보려 한다. 여인의 간드러지는 노랫가락이 별똥별처럼 사라진다.

꼭지 달린 토마토

　시장에 가면 꼭지가 없는 토마토뿐이다. 가지런하게 정렬된 토마토는 항상 꼭지가 사라진 채 배꼽처럼 움푹 패어 있었다. 토마토를 파는 상인은 언제나 꼭지를 먼저 뜯고 나서 토마토를 닦는다. 이유는 잘 모르겠지만 아마도 꼭지를 뜯으면 신선도가 오래 유지된다고 생각하는 것 같다.

　꼭지를 잡아 뜯는 모습이 더는 새롭다고 느껴지지 않았는데 그 익숙함을 뒤집은 토마토가 초록색 꼭지를 단 채 진열되어 있었다. 동글동글한 모양은 어제나 오늘이나 크게 달라진 것은 없었는데 주인이 바뀌었는지(어쩌면 그는 멀리 다른 고장에서 온, 아니 상해가 아닌 곳에서 살다 온 사람인지 모른다) 진열 방식이 정말이지 획기적으로 변했다.

　초록색이 선명한 별 모양의 꼭지를 오랜만에 보니 반가웠다. 수확한 지 얼마 되지 않았음을 보여주듯 잘린 꼭지는 아직 채 마르지 않았다. 두근거리는 마음으로 꼭지를 살짝 잡아드니 동글동글 토마토는 상처 하나 없이 윤기가 돈다. 설마 일부러 이렇게 했을까 싶어 계산대에 앉아 있는 라오반

(老板: 상점 주인)을 보니 그런 것 같았다. 상처난 토마토는 골라서 한쪽으로 쌓아두고 실한 놈은 다른 쪽으로 옮기고 있는 그는 아름다움을 아는 사람이었다. 그것도 전략적으로 아름다움을 이끌어내서 토마토를 살 마음이 없었던 나를 움직이게 했다.

내가 집어낸 빈자리를 다시 채우는 꼭지가 선명한 토마토, 처음처럼 반듯한 모양으로 자리를 채운다. 여름이 다가오면 마치 세상의 모든 신선한 먹거리들이 쏟아지듯 시장은 푸르름으로 넘쳐난다. 저 많은 푸른 것들은 도대체 어디서 나오는지 일 년 내내 비슷비슷한 푸성귀라지만 여름이 불러내는 푸르름은 다르다. 그 많은 것들 사이에서 존재를 알리려면 언제나 특별함을 갖추어야 한다.

토마토 네 개를 사서 들고 오는 길에 투명한 비닐 봉투 속 토마토를 보면서 역시 토마토는 녹색 별 모양의 꼭지가 달려 있어야 해, 별을 달고 사는 토마토를 알아 본 것은 내가 처음이 아니고 가게 주인도 처음은 아니고 어쩌면 계절이 제일 먼저 일러준 것일지도 모른다. 이제 우리 동네 시장에는 초록 꼭지를 모자처럼 뒤집어 쓴 토마토가 유행을 할지도 모르겠다. 누군가 제일 먼저 토마토 꼭지를 파냈던 것처럼 녹색 별 모양의 꼭지를 유지하고 있는 토마토는 마냥 탐스럽다. 제자리를 유지하는 것이야말로 진정한 아름다움이라고 생각하는 찰나, 지나가는 라오타이타이(老太太: 노부인)

가 묻는다. 토마토 어디서 샀냐고, 역시나 사람들의 생각은 비슷한가 보다. 투명 비닐에 담긴 토마토를 알아보는 눈, 그 눈은 언제나 있었다. 꼭지를 파낸 토마토를 살 때마다 아쉬워했던 사람이 나만이 아니라는 사실을 다시 한 번 확인하는 것 같아서, 일부러 꺼내 보여주는 수고마저도 즐겁다.

깨끗한 물을 받아 토마토를 넣으니 전부 뒤집힌다. 초록별을 보여주려는 듯이 뒤집힌 그 자세가 어린아이 엉덩이 같아서 손가락으로 톡톡 두들겨 본다. 금방이라도 동그란 얼굴을 내보이며 웃을 것 같은 붉은 토마토, 다시는 꼭지를 떼어내지 않았으면 하는 마음으로 접시에 올려놓는다. 초록별 꼭지를 머리에 인 채로 가지런히 놓여 있는 토마토, 냉장고를 열 때마다 웃음이 난다. 그저 놓아두고 바라보는 꽃처럼, 한동안은 토마토 먹기를 유보한다. 잘 있나 싶어 또 한 번 열어보는 냉장고, 오늘 밤에는 냉장고 모터 돌아가는 소리를 좀 더 길게 들을 게 분명하다. 그래도 또 다시 열어 보는 냉장고, 토마토는 별을 단 채로 가지런히 놓여 있다.

맑은 날에는 씽씽 극장

날이 맑으니 빨래는 잘 마르고 모자를 쓴 사람들의 표정은 멀리서도 잘 보이는 듯하여 집에 있다는 게 뭔가 아쉬운 그런 날, 영화를 보러 간다. 여전히 중국어는 외국어였고 서툰 듣기와 읽기에 망설여지기는 하지만 영화는 소설과는 확연히 다르다. 영화라서 이해되는 부분이 많다.(중국에서는 부통화 자막이 모든 매체에 딸려나온다.) 그래서 일부러 중국 영화를 골라 보려 애쓴다. 번역되어 있는 영화들은 아무래도 힘들다. 죄다 블록버스터 영화였고 고막을 자극하는 음향과 쏟아지는 영어, 그리고 중국어 자막에 영화를 보는 내내 피곤했다. 그래서 중국 영화, 그것도 중국에서는 그다지 크게 흥행하지 않는다는 멜로 영화를 골랐는데 하필 올해 최고로 인기를 끈 영화였는지 평일 한낮에도 사람들이 많았다. 아니 평일이든 주말이든 상관없이 인기가 있다 싶은 것들에는 언제나 사람이 많았다. 그 많은 사람들이 짝을 지어 영화를 보기도 하지만 혼자 즐기는 사람도 참 많은 상해.

혼자 영화 보기, 혼자 밥 먹기, 혼자서 하는 일에는 살짝 망설여졌던 모든 일들이 중국에서는 아무렇지도 않았다. 일반적인 일이 될 수 있다는 사실에 가끔은 감사하는 마음마저 갖게 된다. 평일 한낮에도 많은 사람들이 극장을 찾는구나, 일을 하지 않는 탓에 스스로에게 눈치가 보였다. 그런데 함께 영화를 보는 사람들은 이유야 어찌 되었던지 나와 같은 상황이었다. 동질감에 순간 마음이 편안해지고 살짝 올라가는 입꼬리. 영화는 시작되었고, 몰입하려는 순간 전화벨이 울린다. 게다가 통화까지 하는 저 대범함, 여전히 중국 사람들은 공공질서에는 취약하다. 블록버스터 영화를 볼 때에도 분명 전화벨은 울렸을 것이고 통화를 했을 텐데, 워낙 시끄러운 음향 덕분에 까맣게 잊고 있었다. 어쩌면 블록버스터 영화는 한시도 눈을 뗄 수 없도록 하니 전화벨이 울려도 듣지 못했을지도 모른다. 그나마 통화는 간결했고 예의를 갖춘다고 목소리를 낮췄는지 옆자리에 앉은 나에게까지 통화 내용이 전달되지는 않았다.

주인공은 파악이 되었고 대충 이야기 흐름도 알게 되었다. 이제 그들의 감정으로 들어가야 하는데, 멜로 영화에서는 중요한 단서가 되는 대사들이 몇 개가 있었다. 한 문장을 이해하면 다른 문장이 사라지고 없다. 그래서 징검다리를 건너듯 띄엄띄엄 알아듣고 애써 짜 맞춘다. 배우들의 연기는 점점 농익어 가고 앞 문장을 놓쳐 꽤나 아쉬워하는데 나도 모르게 눈물이 뚝 하고 떨어졌다. 세상에나, 정말 내가

저들의 삶을 이해했단 말인가. 정말 중요한 말들은 사라진 장면들과 함께 지워졌는데 몇 마디 말에 나도 모르게 고개를 끄덕이고 있었다.

교감이라는 것은 일방통행이 불가능하다. 하지만 영화를 보는 동안 나는 내내 그들과 쌍방통행을 했다고 믿고 있다. 결정적인 한마디를 놓쳤다고 한들 어쩌랴. 영화를 보는 내 내 홀로 흥에 겨워 울었다 웃었다 한다. 다만 여전히 차이를 느끼는 지점은 중국 사람들과 웃음 포인트가 다르다는 것이었다. 모든 사람들이 크게 웃을 때 나는 도무지 웃음이 나질 않았다. 처음에는 내가 말을 충분히 알아듣지 못해서라고 생각했다. 그런데 매번 영화를 볼 때마다 그들과 나의 웃음 포인트가 다르다는 것을 깨닫고 문화 차이란 이런 것이겠구나 했다.

　중국 영화, 어렸을 때 텔레비전으로 보았던 홍콩 액션 영화가 아닌 중국 영화. 말이 다르니 생각도 다르고 생각이 다르니 표현도 다르고, 다르다는 것을 보여주는 두 시간 십구 분. 어떤 사람의 일생이 두 시간 안에 담겨질 수 있다면 행복한 것인지 불행한 것인지 아직은 확신이 서지 않지만 맑은 날에는 역시 극장으로 가는 게 정답인 듯하다. 별들이 빛나는 씽씽 극장으로.

팅 부동

가끔, 아니 대개 중국 사람들과 대화를 할 때 마음이 닫힐 때가 있다. 서두에서 그들 중 누가 내 얘기에 혹은 내 발음에 대해 팅 부동이라고 말하면 그 다음부터는 자동적으로 말문이 막힌다. 팅 부동, 못 알아듣겠다는 뜻이다. 너무나도 평범한 그 말에 자라처럼 움츠러드는 나를 발견한다. 외국인이니까 그런 거 아니겠어라고 스스로를 위로해 보려 하지만 서두에서 시작된 팅 부동은 이미 그와 나 사이를 멀어지게 한다.

실은 한국어로 대화할 때도 잘 못 알아듣겠다는 말을 자주 쓰곤 한다. 모르는 길에 대한 설명을 들을 때에도 어느 지점부터는 인지되지 않는 말들이었다. 수업 시간에도 못 알아듣는 말이 종종 생기곤 하였다. 그러나 그때의 잘 못 알아듣는다는 말에는 여지가 있었다. 수업이 끝난 다음 도서관에 가서 참고 서적을 찾거나 다시 질문을 하면 못 알아듣는 말이 아닌 것이 된다. 그런데 중국어는 달랐다. 대화의 대상이 팅 부동이라고 말을 하면 그것은 마치 더는 너와 이야기를 하고 싶지 않다는 말처럼 느껴졌다. 어쩌면 나의 상황이 만들어낸 벽인지도 모르지만 지금껏 내가 느끼고 받아들인 팅 부동은 그런 류였다. 상처를 받는다는 말로는 뭔가 부족한 그런 마음이었다.

외국인의 자세라는 게 따로 있지는 않겠지만 외국에 살고 있는 나는 나와 다른 언어를 쓰고 있는 사람들을 만날 때면 긴장보다 먼저 열린 귀를 내민다. 온갖 신경과 촉각을 언어에 집중해 두고 내가 알고 있는 모든 단어들을 입술 안에 채워 넣는다. 그리고 상대방이 말할 때 그들의 말에서 화두를 놓치지 않으려 애쓴다. 외국어를 활용하는 나의 자세가 너무도 진지해서 어쩌면 상대방은 내 말을 쉽게 알아들을 수 없는지도 모르겠다. 어쨌든 이런 노력에도 불구하고 서두에서 팅 부동을 듣게 된다면 뇌의 회로들이 일순간 꺼지는 느낌이 든다.

아직은 말하는 입보다는 듣는 귀가 조금 나은 상황이라 중국 사람들이 말을 걸 때 그들이 내게 있어 필요한 사람이면 나는 말 그대로 경청을 한다. 바른 자세로 앉거나 서서 그들의 눈을 응시하면서 입가에 미소마저 띄우며 그들의 이야기를 잘 듣고 있음을 알리기 위해 가끔 추임새를 넣으며 듣고 또 듣는다. 그러나 상황이 그와 정반대일 경우에는 제일 먼저 튀어나오는 말도 팅 부동이다. 나 또한 그들과의 대화를 시작하기도 싫다고 생각이 들 때 내내 듣고 있기 거북

하다고 판단될 때 혹은 듣고 싶지 않은 말일 때, 팅 부동이라 말한다.

어린 시절 종종 말이 많다는 이유로 야단을 맞았다. 시끄럽다는 게 아니라 말이 많다는 것이었다. 긴장하거나 혹은 무료한 분위기가 적응되지 않을 때 내내 말을 했었다. 학교에서 있었던 일, 신문이나 텔레비전을 통해 알게 된 일, 친구들에게 들은 이야기까지 하교와 함께 엄마를 따라 다니며 나는 끊임없이 말을 했었다. 어떤 날에는 2~3시간 전화통에 매달려 말을 하기도 했었다.

목이 아파 병원에 가는 날들이 잦아지고 많은 말들은 언제나 실수를 불러오곤 하여 한번은 말하는 입이 아닌 듣는 귀만 달라고 진심으로 기도를 한 적이 있었다. 기도는 대개 바로 실행되지 않았다. 그런 기도를 올리고 나서 시간이 얼마만큼 지났는지 까마득해졌을 때, 내게는 말하는 입이 아닌 듣는 귀만 남았다. 그 날의 기도가 어느 곳에 가 닿았다 다시 내게로 돌아온 지금 혼잣말 속에서도 가끔은 팅 부동을 느낀다. 잘 알아듣지 못하는 이야기 속에서 나만 알고 있는 말들이 점점 늘어간다. 그래서 한편으로는 기쁘고 한편으로는 무섭다. 실은 더 많은 말을 끄집어 내주세요, 마음속은 고함치는데도 현실은 여전히 팅 부동이다.

식어도 참 맛있다

신장 사람들이 만들어 파는 삥은 확실히 맛있다. 어제 우연히 샀던 크고 넓은 신장 삥, 인도식 난과 닮은 삥은 그냥 먹어도 맛있는데 대개 사람들은 밥 대용으로 먹는다. 피자 도우처럼 생긴 넓적한 밀가루 삥을 두 개 사서 어제 한입 베어 먹고 남겨둔 걸 오늘 먹는다.

화덕에서 구운 삥이 식으니 딱딱하기가 마치 나무판자 같다. 그런데도 신기할 정도로 맛있다. 특별한 재료가 들어간 것도 아닌 반죽하던 손으로 커다란 옹기를 닮

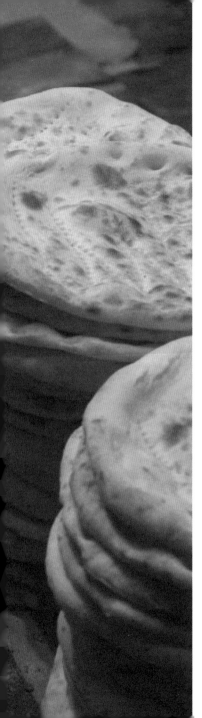

은 화덕에 넣었다 뺐을 뿐
인 삥. 상해에서 만난 신장
사람들, 신장 음식을 만들
어 파는 사람들은 모두 닮
았다. 물론 그들은 한족과
다른 위구르족이기에 얼굴
모양이 다르다는 것은 당연
한 말인데, 내가 본 신장 사
람들은 한결같이 흥이 넘쳤
다. 어느 장소에서든 노래
를 부르면서 몸을 들썩였
다. 게다가 서구적인 이목
구비를 지닌 그들의 미소는
보는 사람이 절로 따라 하
게 하는 힘마저 지녔다.

어제 신장 삥을 팔던 청
년, 아무리 나이를 많이 먹
었다 해도 스물다섯 살을
넘지 않았으리라. 영업시간
막바지에 나타난 우리를 기
쁘게 맞이하면서 노래를 부
른다. 사실은 그의 긴 노래

중간에 우리가 불쑥 나타난 것이었고 그는 우리의 등장에 아랑곳하지 않은 채 제 노래를 계속 이어 나가고 있었다. 중국어와는 또 다른 신장어, 그들은 항상 제 언어를 사용하였다. 제 말을 잊지 않기 위해서인지, 아니면 소수 민족이라는 자긍심을 스스로에게 일깨우기 위해서인지, 그것도 아니면 제대로 교육을 받지 않아서인지, 정확한 연유는 알 수 없지만 그들은 언제나 알아들을 수 없는 말을 했다. 그럼에도 불구하고 그들이 만들어낸 음식은 언제나 맛이 있었다. 신장 빙을 화덕에서 꺼낸 청년이 우리를 보며 웃는다. 그는 그의 말을 하고 있었고 우리도 우리의 말을 하고 있었다. 분명 우리는 같은 공간에 있는데 그도 우리도 이 공간의 말을 배우기에는 힘든 점이 많다.

바람이 심한 날 밤이면 으레 신장 면이 떠오른다. 상해에서 보낸 첫 봄, 그날 저녁 우리는 거리를 배회하다 깨끗해 보이는 신장 면 집에 들어가 화려한 그림들 중에서 가장 그럴싸한 그림의 음식을 주문했다. 중국 요리라면 질색을 했던 나도 그날 저녁 먹었던 면은 참 맛있었다. 바람이 거세어 봄밤 치고는 무척 추운 날이었다. 게다가 비가 간간이 내리는 저녁이라서 우리뿐이라는 고독감은 허기를 더욱 가중시켰다. 우산을 쥔 손이 빨갛게 얼어 가고 배는 고프고 살짝 애달프다는 생각이 들 때 먹었던 면이 어떤 것이었는지 사실 기억나지는 않는다. 그런데도 여전히 신장 면 집에서 먹었던 그 면 요리는 우리를 웃게 한다. 비슷한 사람들, 각기 다른 사연을 지닌 그들이 만들어낸 요리는 맛에 눈이 번쩍 뜨이고 화려한 얼굴들에 다시 한 번 눈을 크게 뜬다.

국가 정책이라는 말도 있고 도시는 돈벌이가 용이한 탓도 있겠지만 대개의 신장 사람들은 가족이 함께 외지에 나와 장사를 한다. 쉬는 날이면 음악에 맞춰 춤을 춘다. 익숙하면서도 다른 그들의 몸놀림, 우리는 다르지만 닮았다. 그들이 추는 춤과 음악은 흥겹다. 처음 들었는데도 절로 흥이 나는 그런 음악 아래서 춤을 추는 그들. 길게 땋은 머리와 화려한 옷, 주렁주렁 걸어둔 장식들, 음악에 맞춰 만들어내는 몸짓. 게다가 방긋방긋 웃는 그 웃음이란, 걸음을 멈추고 한참을 바라보는 그들의 춤으로 불쑥 들어오는 설움. 그들의 웃음이 때로는 아프기도 하지만 그들은 언제나 흥이 넘쳤다. 그런 그들이 만들어낸 음식이니 뭔들 맛있지 않으랴. 신장 청년은 우리가 떠난 뒤에도 여전히 노래를 부르고 있었다. 잘 부르는 노래인지 아닌지 구별도 어려운 그런 노래. 그가 구워낸 삥은 식어도 참 맛있다.

남의 집 볕이 더 귀 보인다

우리 집은 남향이다. 볕이 잘 드는 통풍도 좋은 남향이다. 그런데 그 좋은 볕은 시간이 너무 짧다는 게 단점이었다. 무슨 소리냐면 앞 동의 높은 키 때문에 볕드는 시간은 생각보다 짧다. 아침 한나절이 전부라니 참 야박하다. 계절에 따라 볕이 들어왔다 가는 시간은 다소 차이가 있긴 하지만 어느 계절이든 결코 긴 시간은 아니었다. 아니 볕이 귀한 계절에는 유난히 짧게 왔다간다.

오전 11시가 넘으면서 볕은 점점 줄어든다. 마루를 환히 비추던 그 볕이 어느 순간 베란다에 살짝 걸터앉아 있다가 점점 사라진다. 점심을 먹을 때면 아예 등을 켜야 한다. 이미 볕은 우리 집을 떠나고 있었다. 게다가 묘하게 틀어진 방향 때문에 볕자리가 좁다. 화분을 볕드는 쪽으로 밀어 보니 확실히 볕 드는 시간이 짧다. 상해는 습도가 높은 지역이다. 바다를 안고 있는 지형의 특성상 볕이 든다는 것이 얼마나 소중한가를 체감하며 산다.

볕이 잘 드는 날이면 베란다가 넓은 집이든지 혹은 없는 집이든지 상관없이 볕드는 방향으로 빨래와 이불이 널려 있다. 긴 대나무를 이어 빨랫줄을 만드는 남쪽의 특성상 팔 벌리고 공중에서 펄럭이는 옷가지들이 한결같이 볕을 향하고 있다. 날리는 방향도 같다. 볕이 드는 날은 어느 집 창문을 보더라도 같은 표정의 빨래들을 만날 수 있다.

그런데 우리 집 뒷동, 내가 요가를 하는 그 동네의 볕은 참 길다는 생각이 들었다. 요가 수업은 오후 2시 30분에 시작되는데 맞은편 창문은 그 시간에도 볕을 머금고 있었다. 한 시간이 지나도 볕은 그 자리를 뜨지 않는 듯하다. 우리 집과 같은 방향인데도 불구하고 그 집 볕은 오래도록 머물러 있었다. 오색찬란한 빨래들이 바짝 마르는 광경을 요가 수업을 하는 내내 나는 지켜보곤 하였다. 도대체 그 집에는 누가 살 길래 볕이 오래 머물다 가는 것일까, 이런 생각을 하다가 요가 동작에서 넘어진 적도 있었다.

빨간 담요를 널어놓은 그 집 유리창은 우리 집보다 좁아 보였다. 날마다 다른 빨래들이 나란하게 걸리는 그 집은 볕이 참 잘 든다. 내가 집을 비운 시간에 어쩌면 우리 집 볕도 그 집처럼 오래도록 머물다 가지 않을까 하는 생각을 해 보았다. 앞 동의 그림자 때문에 볕드는 시간이 유난히 짧은데 그 집은 우리 동의 그림자마저 빗겨 나가는 듯한 기분마저 들었다. 같은 모양과 한 방향으로 세워진 아파트들에 익숙하다 상해에서 만난 조금씩 다른 각도로 틀어진 아파트는

보기에는 좋지만 채광에는 한계가 있었다.

　남의 집 볕에 욕심을 내다니, 한 달에 20일 정도 비가 내리는 여름철에는 정말이지 그 집 볕이 제일 부러웠다. 잘 드는 볕을 쟁여놓았다가 비오는 날 어쩌면 꺼내 쓸 지도 모른다는, 비 오는 날 빨랫줄에 걸린 그 집의 옷가지를 보다가 드는 상상이었다. 각도에 따라 볕드는 정도가 다르니 빨래하는 시간도 달라진다. 아침 일찍 눈을 뜨기 무섭게 나는 세탁기 앞에 서 있다. 날씨 확인과 동시에 세탁기는 돌아간다.

　잘 마른 빨래에서는 햇볕 냄새가 났다. 고슬고슬한 촉감 사이로 촘촘하게 배어 있는 햇볕 냄새는 언제 맡아도 좋다. 넓은 수건에 얼굴을 묻고 서 있으면 편안함에 잠이 들 때도 있다. 아주 어렸을 적에 가지런하게 개어놓은 빨래 위에 누워 있기를 좋아했었다. 그 볕 냄새는 마음을 편안하게 해주었다. 일부러 그렇게 누워 있다가 잠이 든 적도 있었다. 그래서였을까, 지금도 마른 빨래에 얼굴을 묻고 있는 게 좋다. 그 날의 볕 냄새, 내가 기억하지 못하는 그 냄새를 내 몸은 기억하나 보다. 그래서인지 그 집 볕이 그렇게 부러울 수가 없다. 이번 주 내내 날이 맑다고 하니 화분을 나란하게 세워 두고 볕을 함뿍 담을 수 있도록 고개를 돌려놓아야겠다. 덩달아 이불도 걸어두고.

궈니엔

중국은 여전히 구정, 그러니까 궈니엔에 큰 의미를 둔다. 빠르게는 1월 마지막 주부터 대개는 이월 초에 흔히 말하는 춘절 연휴가 시작된다. 그 많던 사람들이 어디로 갔나 싶을 정도로 거리가 한산해지고 상점 문을 닫고 한 달 정도를 쉬는 사람들도 있다. 전철에서도 버스에서도 사람들이 줄었다는 걸 체감한다. 환승역 주변도 그렇고 기차역 가는 길도 비슷하다.

고향 가는 사람들의 손을 쳐다보면 뭐 저런 것까지 싸 들고 가나 싶을 정도로 사탕에서부터 술까지, 도시에서 파는 일용품을 다 사 들고 가는 것 같다. 쌀을 사 들고 기차에 오른 사람을 보았다고 더는 호들갑 치지 않을 만큼 고향을 찾는 사람들의 손은 다양함으로 무겁다.

궈니엔이라는 말에는 돌아온 해라는 의미가 있다. 돌아온 해, 작년에도 재작년에도 새해는 언제나 어김없이 돌아왔다. 세상이 어수선해도 천재지변으로 한 도시가 함몰되어있어도 전쟁으로 긴장감이 도사리고 있을 때에도 변함없이 돌아온 시간이다. 그 시간을 위해 대개의 사람은 살아가는 것이다. 고향으로 돌아갈 마음으로, 도시에서 파는 모든 공산품을 들고 고향에 가고 싶은 마음으로 일 년을 버티고 다시 돌아온 일 년을 살아가는 것이다.

중국의 풍속으로 폭죽을 터뜨리는 것은 규모나 양으로 봐서 단연 세계 최고일 것이다. 게다가 폭죽을 제조하고 판매하는 것을 나라에서 맡고 있으니 그 규모는 말할 필요가 없을 정도다. 처음 중국에서 궈니엔을 맞이했을 때, 하늘을 수놓는 갖가지 문양과 색깔에 감탄하기보다는 소리에 겁을 먹었다. 건물과 건물 사이에서 울리는 폭죽 터지는 소리, 소리가 반사되어 울리던 굉음들. 마치 전쟁 통을 방불케 하는 소리에 자동차 경보음까지 한몫을 하니 아수라장도 이런 아수라장이 없었다. 총소리 같기도 했고 폭탄 터지는 소리 같기도 했다.

궈니엔을 알리는 폭죽은 정월 대보름까지 이어졌다. 비싼 폭죽은 색깔도 다양하고 소리도 컸고 오래 터졌다. 따발총 폭죽은 이름 그대로 따다다다다, 따다다다다 바닥에서 화약 냄새를 풍기며 소리만 낸다. 아이들은 아이들대로 어른들은 어른들대로 각자 어울리는 폭죽을 춘절 내내 터뜨리는 것이다. 한낮에도 새벽에도 주야를 가리지 않고 시간도 개의치 않으면서 춘절을 축하한다.

그런데 올해부터는 그 폭죽 소리를 쉽게 들을 수 없다고 했다. 폭죽으로 인한 사고와 공기 오염 때문에 정부에서 강력하게 저지하고 나선 것이다. 1월 말에 우리 아파트 관리 사무소에서도 폭죽 금지령을 알리는 전단과 춘절에 폭죽을 터뜨리지 않겠다는 서명을 받아갔다. 자발적으로 참여하는 것이 아니라 일방적으로 모든 사람들이 동의한다는 의견서를 제출하는 것이다. 게다가 텔레비전에서 각 동네마다 주민들이 자발적으로 폭죽을 터뜨리지 않겠다는 서명을 했다며 연일 보도하고 있었다. 이제 상해와 같은 대도시에서는 춘절에 폭죽을 터뜨리는 일은 쉽게 접할 수 있는 일상적인 일이 아니게 되었다. 아주 특별한 지역에서 경찰의 동의를 얻은 다음 터뜨릴 수 있는 어려운 일 중 하나가 된 것이다.

사실 폭죽 터지는 소리에 잠을 잘 수가 없어 한동안 불평을 했었다. 시간을 좀 정해서 폭죽을 터뜨리면 안 되나. 새벽 서너 시에 터지는 폭죽은 겨우 잠든 아기의 단잠을 깨우는 일이었고 깊은 숙면을 원하는 사람에게 원성을 사는 일이었다. 그래서 올해부터 상해에서는 폭죽을 터뜨릴 수 없게 되었다는 사실이 한편으로는 반가운 소식이었고 한편으로는 아쉬운 소식이었다. 게다가 오늘 낮에 상해 시로부터 날라 온 문자를 보니 폭죽 금지가 반가운 소식이라기보다는 살짝 아쉬운 소식이다. 폭죽 금지를 지켜 달라, 누군가 폭죽을 터뜨리면 시 경찰에게 연락을 해 달라는 내용이었다. 정부 허가 없이 폭죽이 터지는 일은 불가능한 사건이 된 것이다. 궈니엔은 변함없는데 아쉬운 일들이 점점 많아지고 있다. 어쩌면 어느 날부터는 춘절 연휴에 고향을 가는 사람들을 볼 수 없을지도 모르겠다. 고향을 찾는 것보다는 더 경제적인 어떤 일들을 찾아 사람들은 분명 움직일 것이다.(중국에서는 춘절이나 국경절 같은 공휴일에 일을 하면 평상시보다 3배의 수당을 받게 되어 있다.)

해가 바뀌니 철새들도 달라진다. 사람들도 그렇게 달라지는 것이겠지. 가게마다 닫힌 문, 비어 가는 거리, 사라져 가는 사람들. 궈니엔을 지나고 춘절 연휴를 무사히 보낸 그들이 돌아오는 날이면 봄은 한 발 더 가까이 와 있을 것이다. 고향의 봄 또한 사람들을 따라 도시로 올 것이고.

김치의 행방

한국에서 김치를 보낸 게 한 달이 넘었다. 한 달 동안 김치를 기다렸고 김치 소식을 물었다. 연말연시에는 다량의 소포가 쏟아지고 EMS 상황 또한 비슷했다. 국제 우편은 시간이 걸린다는 상식에, 게다가 연말연시가 주는 특수성 때문에 일주일은 그냥 기다릴 수 있었다. 일주일이 넘어가면서 보낸 사람도 받는 사람도 점점 다급해졌다. 김치는 쉽게 상하는 음식은 아니지만 배달 기간이 오래 지연되면 당연히 맛이 좋을 리 없다. 그 때문에 배달 지연이라든지 배달 사고에 대한 우려가 커질 수밖에 없었다. 게다가 EMS 접수증을 분실한 상황이라서 김치의 행방을 알아 볼 길마저 사라졌다.

오늘은 오겠지, 어쩌면 내일 올지도 몰라, 보름까지도 걸린다는 말을 들었어, 날마다 김치의 안부를 묻는 통화는 점점 맥이 빠져 갔다. 도대체 김치는 어디로 갔을까. 분실되었다면 누군가 김치를 가져갔다는 소리인데 젓갈 냄새와 마늘 냄새가 물씬 풍기는 김치는 한국 사람이 아니고서는 대개

기피한다. 잘 익은 김치의 신맛과 혀끝에 도는 배추의 단맛, 그리고 칼칼하게 넘어가는 매운맛, 한국 사람이라면 선호할 그 맛이 사라진 것이다. 누군가 가져간 게 분명해, 아니면 이 아파트에 우리 부부 이외의 다른 한국 사람들이 살고 있어서 그들에게 잘못 배달된 것인지도 몰라, 날마다 우체국 택배 차량을 기다렸다. 매일 오후 2시 아파트 단지를 도는 녹색 우체국 차량이 멀리서 보일라치면 가던 걸음을 멈추고 지켜보았다. 혹시 우리 집으로 향하는 것은 아닐까, 커다란 박스에 "우체국 택배"라고 쓰인 한글이 있지는 않나 하고. 내 기대는 매번 어긋났고 그럴 때마다 아직 시간은 남아 있다고 스스로를 위로했다. 때마침 36년 만에 찾아온 한파 덕분에 김치가 상할 염려를 잠깐 내려놓을 수 있게 되었다. 어쨌든 여전히 김치는 소식이 없었다. 집에 전화를 할 때면 가장 먼저 묻는 게 김치의 행방이었다. 너무도 간절히 바랐던지 한번은 김치가 도착한 게 아니면 앞으로 문자로 이야기하자고 언니는 말했다. 김치 소포를 부친 당사자로서 그리고 아직 김치가 도착하지 못했다는 것에 대한 미안함에서였는지 언니의 그 말에 한동안 집에 전화 거는 일마저 주저했었다.

그리고 한 달을 갓 넘긴 오늘, 우편함 속에 들어가 있는 수상한 노란봉투 하나, 그 속에는 통지서라고 적혀 있는 종이와 소포를 찾는 방법이 그려져 있는 도안과 한국에서 보낸 EMS 송장이 들어 있었다. 아뿔싸, 뭔가 일이 엄청 꼬였다는 생각이 들었다. 우선은 두 장에 걸쳐 쓰인 중국어를 읽어 내는 일이 막막하였고 지금껏 이런 방식으로 국제 소포를 받아 본 적이 없었던 터라 허둥대기만 했다. 뭘 어떻게 하라는 말인지 우리 부부는 머리를 맞대고 한참을 생각했다. 해관이라는 말과 직접 수령이라는 말, 그리고 세금이라는 말을 찾아내고 그 말들을 조합하였다. 결론은 우리의 김치는 중국 해관에 걸려 있어서 직접 찾으러 가야 한다는 것이었다. 게다가 세금을 따로 내야 한다는 말까지. 집에 전화를 했더니 김치를 포기하라고 한다. 그렇지만 한 달을 기다린 데다 집에서 직접 담근 김치라는 것 때문에 쉽게 포기할 수 없었다.

통지서에 적힌 대로 차례로 인터넷 접속을 하고 주소가 적힌 해관우체국을 찾아갔다. 많은 사람들이 이리저리 분주하게 서류를 들고 묻고 물으면서 번호표를 뽑아 기다리고 있었다. 그들 중 누구 하나 당혹스런 표정을 짓는 사람은 없었다. 오래전부터 이런 방식으로 해외 소포를 받아왔다는 식으로 차례를 기다리고 있었다. 눈치와 몸짓으로 순서를 기다렸고 중국어로 내 이름이 호명되는 순간, 얼마나 기다렸던 김치였던가! 사실 서류를 작성할 때 옆에 있는 아기 엄마가 내 소포가 김치라는 말에 콧방귀를 뀌었다. 뭐 김치를 해관우체국까지 와서 찾느냐는 식이었다. 김치를 기다리는 데 한 달 넘는 시간을 소모한 지금, 김치는 더 이상 김치가 아니었다.

김치 소포는 여전히 상해 생활이 익숙하지 않다는 것을 말해주었다. 법은 시시때때로 바뀌고 변하지만 그 모든 변화를 능숙하게 받아들이기에는 외국인에게 생활의 벽은 참 높다. 무릎과 가슴으로 김치 소포를 안고 겨우 택시를 잡아탔다. 문득 지나오는 길이 익숙한 듯 낯설다는 생각을 했다. 오늘이 입춘이구나. 춘절 연휴 시작을 앞둔 거리는 살짝 들떠 있었고 그래서였는지 금방 봄이 올 것 같았다. 알맞게 잘 익은 김치는 춘절 동안 집에 가지 못한 우리 부부를 달래줄 것이다.

눈 오는 밤

좀처럼 눈이 내리지 않는 상해에 눈이 내렸다. 함박눈은 아니지만 그래도 제법 바닥에 쌓이는 눈이었다. 우산을 쓰고 지나오는 길에 들리는 눈 소리, 좌라락 좌라락. 그 소리에 심장이 빨라졌다. 오늘 밤이 지나면 2월이 온다는 설렘, 겨울 한두 번 내린다는 귀한 눈을 맞고 있다는 설렘, 내일이면 멀리 가 있던 그리운 사람이 돌아온다는 설렘, 그리고 곧 봄이 온다는 설렘은 추위를 잊게 한다.

일기예보에서는 약간의 비가 온다고 했는데 정작 내린 것은 눈이었다. 나무 위에 쌓인 하얀 눈. 발 빠른 아이가 자동차 위 쌓인 눈 위에다 그림을 그려놓고 사라졌다. 곰돌이 푸가 활짝 웃고 있는 얼굴. 눈이 지닌 마법이었다. 빗물 위에 그려놓은 그림은 곧 사라질 뿐만 아니라 대개 웃는 얼굴이 아닌 잔뜩 부어 있는 표정들이다. 이제 도로는 꽉 막히고 집으로 돌아오는 길은 평소보다 훨씬 힘들지만 그래도 내리는 눈을 보니 웃음이 난다. 눈이 흔한 동네가 아닌 탓에 오랜만에 내리는 눈에는 행복함뿐이다. 우산 위로 떨어지는 눈 소리, 신발에 밟히는 소리, 가로등 불빛을 따라 펼쳐지는 눈의 형상들, 가던 걸음을 멈추고 한참을 서 있었다. 이런 날은 맨손으로 우산을 쥐고 있어도 전혀 춥지 않다. 괜히 고개를 들어 하늘을 한번 쳐다본다. 눈 속에 숨어 있을 달을 찾아서 혹은 별을 찾아서 사방은 밝고 눈은 소리를 내며 떨어지고 있다.

내 걸음을 가로막고 서 있는 택시마저도 정답다. 외국인 둘이 내린다. 여기서 말하는 외국인은 언제나 서양 사람이다. 한국 사람이나 일본 사람은 상해에서는 한 번에 알아 볼 수 없는 외국인이지만 서양 사람들은 군이 외국인이라고 말하지 않아도 쉽게 알 수 있다. 눈은 내리고 그들은 커다란 짐을 여럿 가지고 있었다. 택시 기사도 그들이 짐을 내릴 때까지 기다린다. 분명 그도 내리는 눈을 보고 있었을 것이다. 어쩌면 나와 같은 생각을 했을 수도 있고 아니면 돌아갈 길에 대한 걱정을 했을 수도 있다. 툴툴 대지 않고 게다가 짐을 다 내린 외국인이 하는 말, 너 참 친절해. 택시 기사도 나와 같은 생각을 한 것이 분명해졌다. 사라진 택시와 짐이 많은 외국인, 그들과 나는 같은 엘리베이터를 탔다. 코가 발갛게 얼어 있는 사람들. 웃으며 먼저 인사를 건넸고 짧은 영어로 그들의 고향을 묻는다. 스코틀랜드, 그들은 춤을 추는 사람이었고 나는 그런 그들이 친근하다고 생각했다. 먼저 내리며 그들과 헤어지는 게 살짝 서운하다. 아마도 눈 때문일

것이다.

흰 눈이 내리는 풍경을 바라보면서 조금 더 선량해져
야지 조금 더 현명해져야지 주문을 외우듯 되뇐다. 눈이
내린다. 바람이 쌩 하고 부니 눈의 방향이 살짝 꺾인다.
조금은 심통 난 표정처럼, 커튼 뒤에서 살짝 내다보면 웃
는다. 나만 아는 눈의 얼굴을 본 듯한 착각이 들어서 그
리고 그 밤 내내 눈의 안부가 궁금한 사람처럼 물을 마시
러 나갈 때도 한 번 쳐다보고 화장실을 갈 때도 또 한 번
쳐다보았다. 눈이 하는 말을 전부 다 기억해야지, 마음에

꼭꼭 새겨 두어야지, 첫눈을 맞이하는 내 마음은 언제나 변함이 없다. 기억나지 않는 첫눈, 그리고 다시 기억해야 하는 첫눈. 밤사이 눈은 그쳐 아침에 보니 큰길에는 눈의 흔적이 사라지고 없었다. 나뭇가지 사이 얼어붙은 눈이 수정처럼 박혀 있을 뿐이었다. 어쩌면 이 겨울 상해에는 더 이상 눈이 내리지 않을지도 모른다. 어제의 눈은 첫눈이자 마지막 눈이라는 것을 곧 알게 되겠지.

옆집과 같은 문을 써도

서툰 피아노 소리가 울린다. 며칠째 같은 곡을 반복하는데도 전혀 늘 기미가 보이지 않는다. 탁탁, 지휘봉이 피아노 몸체를 치는 소리가 마치 북소리처럼 들린다. 메트로놈 소리도 들리고 숨죽이고 연주를 이어가기를 바라는 마음까지도 들리는 것 같다.

일정한 주기로 바닥을 끄는 소리. 마룻바닥을 밀고 지나가는 긴 여운이 아침 한나절을 채운다. 윗집에서 청소기를 돌린다. 아기가 있는지 시간을 정해놓고 바닥을 청소한다. 상해는 습도가 높아서 아파트 바닥은 대부분 나무 바닥이었다. 그래서 청소기 돌리는 소리는 바닥을 끄는 소리로 둔갑하기 좋았다. 바닥을 미는 소리가 멈췄다. 같은 시간에 청소기 소리도 멈추고 주말에는 들리지 않는다. 아마도 윗집은 시간제 아줌마를 고용한 듯하다. 가끔 엘리베이터에서 마주치는 아줌마. 자전거에 빨간 걸레와 청소 용품을 싣고 다녔다. 그녀가 움직이는 소리를 나는 청소기 돌리는 소리로 알 수 있다.

옆집에서 들리는 피아노 소리, 여름 방학 동안 마치 피아노 완전정복이라도 하려는지 하루에 10시간도 넘게 피아노를 친다. 막 초등학교에 들어간 남자 아이라는 것을 알고 조금 놀라기는 했지만 다들 랑랑처럼 훌륭한 피아니스트를 꿈꿀 자유는 있을 테니까. 할아버지와 수영장에 가는 옆집 남자 아이를 엘리베이터에서 마주쳤다. 까맣게 그을린 얼굴에 코가 작고 납작했다. 정말 중국 아이구나, 먼저 인사를 건넸는데도 쑥스러운지 모른 체한다. 하루 10시간 넘게 울리는 그 서툰 피아노 소리를 참아준 이웃에게 대하는 태도치곤 좀 불성실하다. 고맙다고 넙죽 절하리라고 기대는 안 했지만 좁은 엘리베이터에서 모른 체하는 것은 여간 밉상이었다. 뭐라 해도 여긴 상해고 나야말로 외국인에다 서툰 중국어를 하니 오히려 그들은 내가 불성실하다고 여길지도 모른다. 분발하면서 중국어 공부를 하지 않는다고 서툰 중국어를 들으려면 여유가 필요한데, 어쩐지 중국인들은 그런 면에서는 여유가 없어 보인다.

우리 집과 옆집은 같은 문을 쓴다. 그런데도 옆집 사람들과 같은 시간에 밖을 나서는 일은 드물다. 엘리베이터에서 내려 문을 하나 더 열어야 우리집과 옆집 문이 보인다. 어느 날 아침 다른 날보다 일찍 출근하는 남편을 배웅하고 문을 닫자마자 옆집 문이 열렸다. 마치 그들은 우리가 나간 다음을 기다렸던 게 아닌가 하는 생각이 들 정도였다. 일부러 피하는 건 아니겠지만 그렇다고 애써 마주치려는 노력은 우리도 옆집도 하지 않는다. 함께 살아가는 일은 때로는 귀찮은 일이 될 수 있었다. 특히 외국인이 드문 동네에서 외국인과 함께 산다는 것은 더더욱. 일반적으로 중국 사람들은 이웃에게 관심이 많다고 한다. 꼬치꼬치 캐묻고 알려고 하는 속성, 뭔가 가십 거리를 찾으려는 태도는 우리에게 여간 고통스러운 일이 아니었다. 다행히도 상해 사람들은 그런 면에서 기타 중국 사람들과는 거리가 있었다. 서로 모른 척해주는 일. 그래서 밤늦게 울리는 피아노 소리에도 그다지 민감해 하지 않는다. 간간이 울리는 그 피아노 소리가 어느 날에는 라디오보다 나을 때가 있었으니, 윗집 아기가 잠을 자는 시간이다. 이 시간이면 윗집은 참 고요하다. 발소리 하나들리지 않는다. 어쩌면 다 같이 낮잠을 자고 있는 것인지도 모른다. 어디 가든지 아이들은 넘쳐나고 아이를 위한 생활 수준은 한없이 높아 가는데도 불구하고 딱히 불편하지 않은 나의 생활은 상해가 안성맞춤이라고 할까. 땀샘이 폭발하는지 흐르다 못해 쏟아지고 피아노 소리도 그칠 기미가 보이지 않는다. 조금 더 분발해야 할 것 같다.

알 쇼우 이푸

헌 옷이라는 말은 어감상 기분이 좋지는 않다. 새 옷이라는 말이 주는 화려함에 밀린다는 생각에 헌 옷은 부족함을 떠올리게 한다. 어린 시절 나는 오빠의 바지에서부터 언니의 떨어진 운동화까지 물려받았다. 그래서 헌 옷은 낡은 이미지가 강하다. 어제 옷장을 정리하다가 발견한 옷 중에 20년 가까이 된 스웨디가 있었다. 어쩌면 내 스무 살 젊음의 상징이라고 해야 할지도 모를 터틀넥 스웨터, 여전히 말짱한 그 옷을 꺼내 들고 가만히 바라보았다. 스무 번의 겨울 동안 몇 번이나 입었을까. 어느 해에는 아예 상자에서 꺼내 보지도 않았던 것을 기억했다. 헤진 데가 없는 이유는 아마도 몇 해씩 건너뛰면서 입었기 때문일 것이다.

서울에 사는 막내 이모가 한철 먼저 보내준 옷들, 사촌 언니가 입다 작아진 옷이었다. 섬유 유연제 향이 물씬 배어 있는 옷들, 서울은 섬유 유연제 향이 나는 도시라고 여섯 살 나는 생각했다. 지천에 널려 있는 거름더미와 파리 떼들, 시궁창, 이런 것들과 거리가 먼 곳이 여섯 살 나의 서울이었다. 그리하여 나는 내가 있어야 할 곳이 시골 촌 동네가 아닌 서울 한복판이라고 믿고 살았다. 쏟아져나올 사투리마저도 일부러 통제했다. 위급한 상황이 아닌 이성의 힘이 작용할 수 있는 한 나는 서울말, 표준어를 쓰려고 애썼다.

스무 살에 서울 한복판에 떨어진 나는 거리에 넘쳐나는 화려한 옷들과 그런 옷들이 너무 자연스러운 사람들 속에서 오랫동안 헤매었다. 달마다 보내주는 용돈으로는 화려함을 가질 수가 없었다. 그리하여 재고정리, 즉 계절이 지난 옷들을 파는 상점을 기웃거렸다. 분명 새 옷인데 헌 옷이 주는 낯익음이 있었지만 새 옷을 샀다는 사실에 정신을 쏟고 있었다. 계절이 한참 지난 옷들 속에서 보물찾기를 하듯 뒤적거렸다. 그리고 원하는 디자인의 옷을 발견하는 날이면 얼마나 뿌듯하던지, 그런 날에는 버스도 지하철도 타지 않고 족히 한 시간을 넘는 거리를 걸었다. 그렇게 모아둔 옷들이 대개 지금 옷상자를 채우고 있다.

계절이 지난 옷들은 언제나 알 쇼우 이푸(二手衣服: 헌 옷)가 된다. 헌 옷이라는 말보다는 두 번째 손이 들어가는 알 쇼우 이푸라는 말이 듣기 좋다. 옷이 찢어지는 일이 생경해진 지금, 알 쇼우 이푸는 유행이 지난 옷들이라고 할 수 있다. 유행은 언제나 변했고 또다시 돌아온다는 것을 20년 된 터틀넥 스웨터를 통해서 이미 알고 있었다.

3, 4년 옷상자 제일 바닥에 깔려 있던 스웨터를 어느 날

텔레비전에서 보았다. 비록 색깔이 같지는 않았지만 비슷한 디자인이라서 다시 꺼내 옷을 입고 다녔다. 익숙한 색깔, 모양, 디자인, 유행은 익숙함에서부터 시작된다. 다행인지 중국은 대유행이라는 게 없었다. 마치 동아리 집단처럼 그들만의 유행이 있지만 하나로 통합되지 않았다. 릴레이식 유행이라는 말이 어울릴 것 같다. 상해에서 유행이라는 옷은 멀리 떨어진 산시나 화중까지는 일시에 퍼지지 않는다. 세계적 브랜드에서조차 같은 디자인을 내놓아도 상해 사람들이 좋아하는 것과 한국인인 내가 좋아하는 것은 분명 차이가 있었다. 다양함이 넘쳐 나서 오히려 대유행이 없어 보인다.

헌 옷을 정리한다는 말은 버리겠다는 강력한 의미를 내포한다. 그래서 한 번 헌 옷 상자에 담긴 옷은 두 번 다시 입는 경우가 없다. 알 쇼우 이푸는 그와는 다르다. 버릴 옷이 아닌 누군가 어울리는 사람에게 전해주고 싶은 마음이 들어있다. 지금 나에게 어울리지 않는 스무 살의 옷들을 곧 스무 살이 될 그녀에게 주고 싶은 마음, 내게 알 쇼우 이푸는 이런 것이다. 깨끗하게 세탁한 뒤 다림질은 보너스처럼 더해진다. 그리고 예쁜 종이 상자에 담아 그녀가 오기를 혹 그녀를 만나기를 기다린다. 알 쇼우 이푸, 행복한 옷의 일생이다. 그 일생에 내 마음을 조금은 더해 본다.

곧 돌아오면 좋겠다

돌아오는 길에 만나는 고양이 두 마리, 23동 현관 유리 문 앞에서 한 자리씩 차지하고 있는 그 녀석들, 나와는 일면식이 있다. 그들은 유랑 고양이고 이 동네에 나보다 오래 살았다. 그들을 위해 5년 동안 한 번도 거르지 않고 휴가를 떠날 때에도 친구에게 밥 주는 일을 부탁했던 여인이 사라졌다. 내가 한국에 가 있던 석 달 동안 큰 변화가 생긴 거라고 생각하지 않았다. 종종 미국에 가 있는 일이 있어서 처음에는 곧 그 여인을 만나리라고 막연하게 기다렸다.

이른 봄 어느 저녁때 요가를 끝내고 집으로 돌아가는 길에 목격한 광경은 좀 의아했다. 유랑 고양이들, 버려진 주인 없는 고양이 대여섯 마리가 아파트 단지 안에서 어슬렁대는 것을 종종 보았다. 아니 어떤 날 새벽에 그놈들의 울음 때문에 잠을 설치니 내게 유랑 고양이들은 귀찮고 성가신 존재였다. 그런 내 시선 끝에서 고양이들에게 물을 주고 있는 여인이 보였다. 가끔 유랑 고양이들에게 먹이를 주는 모습을 보긴 했었다. 대개 나이 지극한 할머니들이 종이 가방에서 먹다 남은

음식을 꺼내 울타리 한켠으로 밀어두었다. 그러면 아주 조용한 걸음으로 사뿐사뿐 고양이들이 나타났다. 그런데 이번에는 물통을 들고 다니면서 직접 고양이들에게 마실 물을 나눠주고 있었다. 고양이도 목이 마를 터, 그 세심한 배려에 감동한 나는 그 여인이 여섯 마리 고양이들에게 물을 다 줄 때까지 기다렸다.

왜 물을 줍니까? 저 고양이들은 당신 고양이입니까? 누가 들어도 내 발음은 서툴고 문장도 어수선했다. 그 여인이 함박웃음을 웃으며 내게 다가왔다. 그리고 유랑 고양이가 얼마나 가여운지, 모든 생명은 얼마나 소중한지를 마치 친구에게 얘기하듯 내게 하였다. 족히 십오 분은 넘게 나와 그녀는 서서 이야기를 나누었다. 대개 얘기는 그녀가 하고 나는 동의를 할 뿐인 대화였지만 그 일이 있고 난 다음 우리는 오고 가다 서로 인사를 하며 고양이들의 안부를 묻고 동물을 학대하는 파렴치한 사람들에 대해 함께 분개했다. 그렇게 일 년 넘게 지냈지만 우리는 서로의 이름을 모른다. 그 여인에게 나는 한국 사람이고 내게 그녀는 아름다운 중국 여인이었다.

병들고 버려진 개 세 마리를 거두어 기르는

그 여인, 귀가 없는 늙은 개는 인간이라면 팔순 가까운 고령의 개였다. 개나 고양이 등 동물에 대해 아는 게 없는 내 눈에도 그 개는 기품이 있어 보였다. 버려진 개나 고양이를 찾아서 동물병원에 데려가고 병을 치유하기 위해 미국에 사는 친구에게 약을 부탁한다는 그 여인, 유랑 고양이를 유심히 살피고 병들어 있으면 모든 일을 제쳐두고 고양이를 위해 먼 길 마다 않던 그 여인이 사라졌다. 늘 놓여 있던 자리의 물통은 벌써 두 달째 비어 있다. 여섯 마리였던 유랑 고양이도 두 마리로 줄었다. 누구에게라도 물어보고 싶었는데 그 여인을 아는 사람은 내 주변에는 없었다.

어제 저녁 그 여인이 살던 23동 현관 앞에 두 마리 고양이가 엄마를 기다리는 어린아이처럼 웅크리고 앉아 있었다. 너무도 익숙한 장면이었다. 엄마 아직 안 왔어? 곧 오실거야. 따뜻한 말을 건네고 가는 이웃들. 여름은 이미 지나 가을로 접어드니 해는 점점 짧아져 밤은 일찍 찾아오고 엄마를 기다리는 아이의 칭얼거림이 길게 들리는 시간. 유랑 고양이 두 마리가 익숙한 자리에 앉아서 그 여인을 기다린다. 고양이처럼 콧잔등을 찡그리며 웃던 그 여인이 사실 나도 그립다. 어째서 그 여인의 이름과 전화번호를 묻지 않았을까. 때 맞춰 고양이들에게 밥을 주던, 가끔 비린내 물씬 나는 고양이용 생선 캔을 들고 다니던 그 여인의 뒷모습이 생생하다. 처음처럼 요가를 끝내고 돌아오는 오후 5시, 그녀가 곧 돌아오면 좋겠다.

울타리 콩이 자라고

동네 공원의 공중 화장실은 대개 작다. 여자 화장실과 남자 화장실이 구분되어 있고 두 칸의 용변을 볼 수 있는 작은 방뿐이다. 손 씻는 세면대는 화장실 초입에 남녀 구분 없이 공동으로 쓰게 한다. 우리 동네 공원 화장실을 청소하는 시간은 아침 10시쯤이다. 느닷없이 공원 화장실에 대한 이야기를 하려는 이유는 화장실의 규모 때문이 아니다. 공원 화장실을 청소하는 사람들은 대개 외지인들, 상해에 호적을 두지 않는, 상해 사람들의 말을 따르자면 농촌에서 일하러 온 사람들이다.

상해 사람들이 농촌 사람들이라고 말할 때 느낌은 한국에서 듣는 말과는 분명 달랐다. 상해 원주민들, 할머니의 할머니조차도 상해에서 나고 자란 상해 사람들은 농민공들에 대한 반감이 크다. 그들은 무식하고 교육을 제대로 받지 못하고 보고 배운 것이 없어서 생활수준도 문화적 소양도 형편없다는 것이다. 그들은 농민공과 한자리에서 밥도 같이 먹지 않을 기세로 말한다. 뭔가 내가 알지 못하는 무서운 이야기가 숨어 있는 것 같았지만 그게 중요한 것은 아니다.

공중 화장실 옆에 작은 방 한 칸, 방이라고 부르기도 뭐하고 창고라 하기도 뭐한 공간에는 대개 농민공 가족이 산다. 적게는 4명, 많게는 그 이상의 가족들이 그곳에서 다복하게 살고 있다. 그들의 삶을 다복하다고 거리낌 없이 말할 수 있는 이유는 그들의 좁은 집 입구에 커다란 꽃 화분이 두 개 이상은 항상 놓여 있기 때문이다. 가로수 화분이 아닌 그곳에 사람이 살고 있다는 것을 알려주기라도 하는 듯이 대문처럼 입구를 지키고 서 있는 꽃나무는 한눈에 봐도 참 실했다. 가지도 몸통도 튼실해서 온도만 맞는다면 일 년 내내 꽃을 피울 것 같았다. 밤에는 노란 불이 켜지고 불빛 따라 볶음 요리 냄새가 풍긴다. 귀 기울이고 들으면 음식을 할 때 나는 다양한 소리들이 여느 집 못지않게 울린다.

우리 동네 공원의 공중 화장실 옆 그 작은 집에는 울타리 콩이 자라고 있다. 여러 줄기가 길게 뻗어 지붕 위로 올라선 폼이 시골집 작은 방을 연상시킨다. 볕 잘 드는 자리에 자리 잡은 울타리 콩은 엄마가 매어둔 나일론 줄을 타고 길게 자랐고 때 맞춰 매달린 콩깍지는 가을을 키우는 것처럼 보였다. 공원 집, 그 집에서도 아이는 자라고 아침마다 붉은 스카프를 목에 두르고 학교에 갈 것이다. 문 앞에서 배웅하는 꽃나무를 향해 어쩌면 손을 흔들며 신호등에 맞춰 달려갈지도 모른다. 큰 도시에 세 들어 사는 사람들은 하나 같이 우울하고 외롭다고 생각했다. 크고 높은 집, 넓은 길, 많은 사람들, 그들보다 더 많은 자동차. 그 속에서 이리저리 흔들리고 치이고 한 발 두 발 뒷걸음질 치며 먼저 가는 자동차 뒤꽁무니를 무심하게 바라보는 일이야말로 큰 도시에 세 들어 사는 사람들의 지분이라고 여겼다.

공원을 빌려 사는 그들은 행복하다. 아이에게 바가지 목욕을 시키는 엄마는 너무 젊었고 떼쓰며 웃는 아이는 투명하게 맑았다. 그들을 바라보는 나는 괜히 안타까워했고 이러한 생각이 어쩌면 자만인지도 모른다고 느낄 때 잘 자란 꽃나무가 그들의 삶을 살짝 가려주고 있었다. 누구보다 생활에 여유가 있는 그들. 도시의 주인이 누구인지 나날이 올라가는 생활 물가에 맞춰 일정 수준이 되지 못하는 사람들을 떠나게 하는 정책들. 정책이 지면으로 펼쳐져도 여전히 도시는 농민공이 필요했다.

상해 원주민은 결코 저런 허드렛일을 하지 않는단다. 정책보다 더 강한 무너지지 않을 듯한 마음의 벽. 그래도 가을이면 공원에 핀 주황색 꽃들을 보러 상해 원주민들은 몰려들겠지. 공원의 꽃을 심고 물을 주고 잡초를 뽑는 일도 농민공의 손에서 시작되는 것을 그들은 일부러 모른 척 하는 걸까. 꽃 피고 낙엽 지는 장면이 나와 농민공의 차지라면 이보다 더 큰 행운은 없을 테지.

노부인은 손톱기와에 사는데

꽝중루 큰 사거리를 지나 한참을 걷다 보면 작은 샛길이 많은 쓰촨베이루가 나온다. 멀리 동방 명주 꼭대기와 일명 병따개 빌딩이라 불리는 104층 빌딩이 머리만 보인다. 잠깐 눈을 들어 그것들을 쳐다보며 걷다 보면 쓰촨베이루 사거리에 도달한다. 오른쪽 길과 왼쪽 길이 너무 다른 풍경을 만드는 쓰촨베이루와 엔창루가 맞닿은 동네. 손톱기와를 얹은 집들이 붙어 한길을 만든다.

3, 4층의 낡은 건물들은 잦은 증축 탓인지 실제보다 훨씬 더 오래되어 보인다. 그 길 시작에 3층집이 있는데 어쩌면 처음 이 동네에는 모두 그 집과 닮은 집들이 나란하게 서 있었을 듯하다. 겉으로 보면 한 가구가 사는 집 같은데 밖으로 여러 군데 난 계단이 말하듯 여러 가구가 손톱기와 아래 살고 있다. 누가 들어가고 나가는 모습을 본 적은 없지만 꽃나무를 심은 화분과 흰 빨래가 바람에 날리며 있는 그대로의 온기를 전한다. 쓰촨베이루 사거리 신호등 앞에서 나는 손톱기와집들이 쭉 늘어선 길을 마주보고 서 있다.

1층은 언제나 그렇듯이 상가다. 식당들이 줄지어 늘어서 있다. 한 평 남짓한 가게들. 길은 가게에서 내버린 오수 탓에 언제나 끈적이고 악취가 났다. 손톱기와 맞은 편 길은 작은 설비공사 집들이 나란하게 있다. 열쇠 제작에서부터 오토바이를 고치는 집까지 도대체 이 동네는 뭐 하는 동네일까 하는 생각이 들기도 하지만, 사람 사는 동네에는 먹는 일도 중요하고 문단속 하는 일도 중요하고 먼 길을 다니는 일도 중요하니까 모두 다 필요한 것들이다.

손톱기와를 눌러 쓴 집들을 상해 한복판에서 만나는 일은 참 드물었다. 이 도시는 너무 현대화된 도시라는 인상이 강하고 관광지에서 만난 건물에서는 손톱기와를 찾아볼 수 없었다. 옥수수 알맹이처럼 둥글둥글하면서도 잿빛 나는 기와는 플라타너스 이파리와 잘 어울렸다. 햇볕에 눈부시게 반짝이지는 않아도 한길 꺾어져 돌아설 때마다 눈길을 오래 머물게 하는 힘을 지니고 있었다. 좁은 집, 좁은 창, 낡은 집기류, 그 속에 사는 사람들마저 오래된 사람일 것 같은 손톱기와 아래서 훈둔 한 사발 먹는다면, 이 나라 말을 모른들 어떠랴. 거리를 가득 메운 자동차의 우렁찬 경적 소리는 상해의 명물이다. 오토바이도 심지어 전기자전거조차도 경적은 우렁차다. 어느 날 내가 손톱기와 위로 떨어지는 빗소리를 듣는다면 오, 놀라워라. 쓰촨베이루 사거리 앞에서 손등을 위로 하고 손톱을 내려다보다 손톱기와를 마주한다. 이

름처럼 앙증맞은 그 기와들과 눈 맞추다 신호등 앞에서 멈춘다. 고개 돌리면 모퉁이 길들, 큰길을 위해 애써 양보한 작은 길들, 그 길 위에서 만난 손톱기와.

깃털구름을 머리에 쓴 손톱기와집 위로 한낮의 가을볕이 여물어가고 훈둔 가게는 점심때가 지난 탓에 한산하다. 길 위에서 팔 벌린 채 만국기처럼 흔들리는 빨래. 앉은뱅이 의자를 그늘로 당겨 삶은 고구마를 발라 먹는 나이나이(奶奶: 할머니)는 손톱기와집에 산다.

카오빙이 담긴 접시처럼

오랜만에 친구를 만나면 으레 하는 말, 나중에 밥 한번 먹자. 그 말에는 여러 가지 의미가 들어 있다. 잘 지냈어? 좋아 보인다. 요즘은 어떻게 지내? 마치 '어떻게'가 들어 있어 모든 것을 포용할 수 있는 힘이 아주 센 문장, 밥 한번 먹자였다. 그렇게 약속하고선 정말 밥을 먹은 친구는 손에 꼽는다. 으레 하는 인사말이 되어버린 밥 한번 먹자.

11층에 사는 리 제제가 직접 만든 군만두를 가지고 내려왔다. 쩐쩐, 쩐쩐. 경쾌한 리 제제의 목소리에 놀라 문을 여니 뜨거운 김이 폴폴 나는 군만두를 들고 서 있는 게 아닌가. 중국 정식 명칭은 지우차이 지단 카오빙이지만 군만두와 멀지 않은 친척 정도라고 생각된다. 방금 만든 뜨거운 군만두를 받아 들고서 어쩔 줄 몰라 했다. 고맙다는 생각과 함께 나중에 밥 한번 먹자는 말이 동시에 떠올랐다. 그리고 나도 모르게 되뇌이는 말, 나중에 밥 한번 먹어요. 워먼 이치 츠판 쩜머양? 그 말 속에도 나의 '어떻게'가 들어가 있을까. 함께 밥을 먹는다는 것에 많은 의미를 두는 민족이 비단 우

리뿐만은 아닐 터이지만 그 말에 큰 의미를 부여하는 게 어쩌면 나라는 생각을 한다.

내가 내뱉었던 수많은 '밥 한번 먹자'는 말을 떠올려본다. 즐거운 자리에서 먹는 밥은 식은 밥에 물 말아 먹어도 맛있다. 마지못한 자리에서는 그저 입이 짧은 사람이 되고 만다. 밥을 먹는 입이야 말로 정직하다.

밥을 먹는 입들, 나란히 앉아서 7위엔 8위엔짜리 국수를 먹는 학생들, 그들의 입은 담백할 것 같았다. 아름다운 말들을 일부러 끄집어내지 않더라도 그들이 내뱉는 말에는 화장기가 없을 것 같다. 김이 올라오면 카오빙을 한입 먹으면서 음식이 전달해주는 온기를 생각한다. 따뜻한 심장을 지닌 사람들이 즐겁게 빚었던 만두, 한국에서는 번거로운 일이라고 믿었던 만두 빚기를 중국 사람들은 식은 죽 먹기라고 했다. 메이요 마판, 복잡하고 번거롭다고 여겼던 일을 그들은 일상 속에서 쉽게 해

치운다.

중국 요리의 대부분은 볶는다. 볶음은 향기부터 매혹적이다. 한국의 무침과 비교해 볼 때 중국식 볶음은 시작과 동시에 위를 각성시킨다. 기름 두른 넓은 팬에 방금 빚은 만두들이 나란하게 올려진다. 곧 맛있는 냄새가 집 안에서 진동할 것이고 열린 창으로 냄새들이 곳곳으로 퍼져나갈 것이다. 혼자 있는 사람들과 멀리 떨어져 사는 사람들의 심장을 조용히 두들기는 힘, 밥 한번 먹자는 말보다 먼저 다가가 손잡는 냄새. 곧 배고프다며 들어올 그에게 오늘 하루 수고했어, 둥글납작하게 잘 구워진 카오삥이 담긴 접시는 아직 따뜻하다.

듣기 싫은 말

대화를 하다 보면 문득 그 사람이 궁금해진다. 너 어디서 왔어? 어느 별에서 왔냐고 물으면 오히려 덜 황당할 텐데 내게 너무도 당연했던 정체성에 관한 질문들 속에서 갑자기 정신이 멍해진다. 너 중국 사람 아니었어? 이 질문에 내가 뭐라고 답을 해야 할지 막막하다가 갑자기 슬퍼진다. 그렇게 아슬아슬하게 대화를 이어나가다 보면 궁극에 만나는 질문은 그럼 넌 뭐해? 전업 주부야? 부럽다. 그리고 우리의 대화는 종료된다. 나를 만나는 사람이 남자건 여자건 혹은 나이가 많건 적건 상관없이 공통적으로 묻고 듣는 질문이다.

실은 나도 그들에 대해 궁금한 게 많다. 그가 혹은 그녀가 무슨 일을 하는지 무엇을 좋아하는지 쉬는 날에는 어디를 가는지, 맛있는 과일 고르는 방법을 알고 있는지. 있는 그대로 궁금하다. 가끔은 내가 알고 있는 중국 문장을 혹은 단어를 써 보고 싶어서 일부러 묻기도 한다. 눈에 보이는 그들의 모양, 새로 바꾼 헤어 스타일, 오늘 들고 온 가방이나 옷가지들, 말할 때 벌어지는 입술과 가늘게 찢어지는 눈매들, 보이는 것만으로 나는 그들을 상상한다. 듣기 좋은 음색을 지닌 사람을 만나면 유심히 입술만 쳐다본다. 그리고 잠깐 그의 삶을 유추해 본다.

낮에 처음 만난 그녀가 똑같은 패턴으로 질문을 했다. 어쩜 한 번도 달라지지 않는 교과서 같은 질문들, 그리고 그녀 또한 마지막은 쫜이에 타이타이(专业太太: 전업 주부), 씨엔무니(羡慕你: 부럽다). 갑자기 그녀에 대한 궁금함이 한순간에 사라졌다. 동그란 콧방울이 인상적이라고 생각했었다. 날씬한 몸매와 잘 어울리는 트레이닝 복 또한 아름다웠다. 그러던 그녀에게서 들은 마지막 문장 때문에 나는 그녀가 멀리 사라져 가는 것을 느꼈다.

이곳에 와서 가장 듣기 싫은 말 중 하나가 쫜이에 타이타이였다. 그 말에는 다양한 의미가 담겨 있었다. 의미를 해석하는 것은 내 선택이었지만 모두들 일하는 이 나라에서 전업 주부는 마치 나이 들어 퇴직한 할머니들을 지칭하는 듯한 분위기였다. 젊은 사람이 집에 있다는 것은 여전히 지독하게 불순한 일처럼 여겨지는 분위기. 입으로는 부럽다고 말을 했지만 그 말 속에서는 약간의 경멸과 조롱이 포함되어 있었다. 문화가 좀 다르긴 하잖아, 부연 설명하듯이 뒤에 붙이는 문화 차이라는 말만으로는 상한 기분이 나아지질 않는다.

전업 주부, 쫜이에 타이타이, 나를 부르는 그들의 목소리가 뾰족하게 귀를 할퀸다. 원했던지 원하지 않았던지 지금 나는 그 말속으로 깊이 침잠하고 있었다. 쫜이에 타이타이의 삶은 생각만큼 달콤하지 않다. 잘 짜인 각본조차 없는 완전 리얼 그대로의 날들, 누가 감독하거나 혹은 공유하지 않더라도 나날을 꼼꼼하게 채워나가야 한다는 의무감, 쫜이에 타이타이의 삶이었다. 시간이 많다거나 여유가 있다고 하는 말과는 거리가 먼 그런 삶이 바로 쫜이에 타이타이였다. 일주일 중 쉬는 날 하루, 하루 여덟 시간 혹은 열 시간 주어진 업무 사이 식사와 휴식 시간, 오히려 일하는 그들의 삶이 단순하다. 너무 긴 자유가 주어졌을 때 자유는 더 이상 자유가 아니었다. 하루를 그냥 보낼 수 있다는 공포와 맞서 내내 불안하거나 초조해진다. 시간을 12조각 혹은 24조각으로 나눠 다시 한 조각마다 눈금을 그려서 또 나누고 그런 다음 스스로 눈금 속을 헤쳐 가야 한다. 그게 쫜이에 타이타이였다. 그런 삶을 부럽다는 단순 명료한 한마디 말로 끝을 내려 하다니, 이처럼 듣기 싫은 말은 없다. 우리 한번 바꿀래요? 손사래 치며 고개 돌리던 사람들, 쉬운 일은 어디에도 없다.

2부

아프다는 말을 하는 그 순간

맥주와 체중계

겨울밤은 길다. 어둠이 참으로 긴 호흡을 내뱉는다는 생각이 들 때 난로 옆에 앉아 시원한 맥주를 마시는 것, 상상만으로도 이미 꽉 찬 겨울밤이었다. 저녁을 먹은 다음 딱히 할 일도 없어 심심할 때 내려받은 영화나 드라마 전편을 틀어놓고 마시는 맥주 한 잔. 곁들여 먹는 땅콩이며 오징어, 굴마저도 낮에는 느낄 수 없는 맛있는 맛을 전해준다. 한낮, 창 밖이 환해서 옆집 사람들이 왔다 갔다 하는 모습들이 세밀화처럼 잘 보이는 그 시간에 먹는 맥주는 맛이 다르다. 밝음은 어둠이 전해주는 애틋한 맛을 모른다.

한 달 정도 그 꿀맛에 취해 헤어나지 못하고 있을 찰나 우리 집에 새로운 최신식 체중계가 배달되었다. 너무 정밀해서 한국에서는 판매 금지가 되었다는데 체중계의 외향은 그냥 어여뻤다. 누가 올라가더라도 체중이 조금은 덜 나갈 것같은 착각마저 드는 심플함. 어쩌면 체중계 광고 모델을 먼저 본 탓인지도 모른다. 어째서 체중계 광고 모델조차도 어여쁘게 마른 여인들일까. 어젯밤에 도착한 체중계를 먼저

사용한 것은 남편이었다. 옷을 잔뜩 껴입고 밥을 먹고 아무렇지 않게 체중계에 올라간 그는 나에게는 혁명가와 같았다. 대범함이라는 단어가 떠오른 순간이었다. 그가 체중계에 오르는 동안 나는 멀리서 응원하듯 그를 쳐다보았다. 겨울이라서 옷을 많이 입어 그래, 심드렁한 말과 달리 생각보다 적게 찍힌 디지털 숫자가 눈에 박힌다. 한번 올라가 볼까 하다가 방금 전에 흥분하며 마신 빈 맥주 캔이 눈에 들어왔다. 그것도 500㎖였다. 두 캔을 단숨에 마시고 죄책감에 시계를 쳐다보았다. 11시가 훌쩍 넘은 시간이었다. 달콤했던 시간은 언제나 짧아 기억으로 묻힌다.

맥주를 좋아하지만 체중을 생각하면 마냥 좋다고 표현할 수 없다. 뭐 어때, 하다가는 내년 봄, 아니 당장 내일 입을 바지가 작아서 아침부터 스트레스를 받을지도 모른다. 누구보다 제 체질을 잘 아는데도 불구하고 기나긴 겨울밤이 주는 간헐적 선물을 거부하기는 어렵다. 겨울이 일 년 지속되는 것은 아니니까, 그래도 봄이 되면 언제나 상큼함을 노래하고 싶다. 아쉽지만 오늘 밤 부터는 맥주보다는 체중계를 좀 더 가까이 두고 지켜봐야겠다.

사실 사춘기를 비만으로 보낸 나는 일 년 내내 다이어트를 생각한다. 여전히 가장 작은 치수의 옷에 얽매여 있고 작은 키에 살집이 있다는 것은 게으름의 증거라고 공공연하게 말하고 다닌다. 비만이었던 시절에 대한 기억은 아버지의 안부 전화에서 되살아나곤 한다. 그 시절 아버지조차 보기 흉하다고 한마디 거들었던 분인데 지금에 와서는 그때가 가장 예뻤다고 하신다. 기억은 쉽게 와전되고 그 시절 나 또한 아주 못난이는 아니었을 텐데 살빼기가 얼마나 힘든지 아는 탓에 다시 그 시절로 돌아가고 싶지는 않다. 그럼에도 불구하고 확고한 마음을 흔드는 겨울밤, 시원한 맥주 한 잔은 언제나 매혹적이다. 익숙한 타입의 친구라기보다는 처음 만나는 이성에 대한 호기심, 두근거림이라고 해야 할까. 그리하여 이 밤에 또 한 번 맥주를 마실지도 모른다. 냉장고를 꽉 채운 24개의 맥주 캔, 그것들이 사라진 자리에 후회 대신 봄만 와 있기를 바란다.

14분 47초

라벨의 볼레로를 무한 반복해서 듣는다. 도대체 어느 부분이 나를 매료시켰는지 잘 모르겠다. 하지만 볼레로에는 내가 찾는 사막이 있다.

장면이나 표정에 사로잡혀 지내기를 즐긴다. 일부러 찾아내려 애쓴 적은 없지만 비슷한 장면이나 표정에 홀로 깊게 빠져든다. 영화 정보를 살펴보다가 남자 주인공이 여자 주인공을 업어주는 장면 속 두 사람의 표정, 그 장면에서 또 멈춘다. 선호하는 장면이라고 해야 할까. 대개 비슷비슷하게 전개되는 연애 이야기에서 빠짐없이 나오는 장면인데도 불구하고 가슴 깊이 파고든다.

텔레비전 채널을 하릴없이 돌리다가 멈춘 장면. 낯익은 중국 배우였고 단 한 번도 그가 멋있다고 생각하지 않았었다. 시대극은 언어가 어려워서 혹은 너무 길어서 쉽게 보려 하지 않았다. 중국 드라마의 큰 장점이자 단점은 시작하는 순간 끝까지 다 봐야 한다는 의무감을 스스로에게 부여하는 것이다. 그냥 지나가는 장면인지도 모를 그 표정에 숨이 멎는 듯하였다. 그가 잡은 손이 마치 내 손인 양 내내 알아듣지도 못해 그림만 보는데 갑자기 그의 눈빛이 얼굴이 호흡이 내게 말을 걸어왔다. 그리하여 그와의 의리를 지키기 위해 지루하고 어려운 시대극 보기를 시작했다. 대단한 표정이나 말 혹은 몸짓은 분명 아니다. 아주 짧은 순간의 표정, 작가나 감독의 의도를 배우가 충분히 알고 지었던 표정이겠지만 그 표정에 사로잡히면 이제껏 알았던 그는 더 이상 같은 사람이 아니다. 새로운 캐릭터가 되어 보는 내내 전해지지 않을 편지를 나 혼자 쓴다.

철저한 계산에 의해 진행되는 반복, 같은 패턴으로 악기의 배치만 달라진다는 볼레로, 홀로 춤추던 스페인 무희의 정열을 지켜보다 결국 모든 사람들이 춤을 춘다는 이야기가 전부였는데 그 단순함과 반복이라는 말에 줄을 긋고 멈춘다. 단순함이 지닌 위대한 힘을 믿는 나에게 볼레로의 세상은 충분히 자극적이었다. 수식이 너무 많은 세상이라서 말이 짧으면 서운함을 느끼게 된다. 무언가 더 많은 수식과 부연을 해야 할 것만 같은 압박 때문에 때로는 감정의 과잉으로 실언을 하는 경우마저 있었다. 내 마음의 상태를 드러내는 데 가장 적합한 단어는 어떤 것인지 고민하거나 생각해볼 여력도 없이 말을 방출한다. 잠깐 멈춰 생각해 보는 순간이 설 자리를 잃고 있었다. 그래서 찰나의 순간 스쳐가는 인상에 의미를 두고 오랫동안 붙잡아놓는다.

위로하는 법마저 인터넷에서 알려주는 세상. 나만의 방식으로 마음을 전하는 법을 모르는 지금 홀로 생각하고 홀로 표현하는 게 익숙해지니 사실 두렵기도 하다. 사람마다 얼굴 생김새가 다르듯이 마음의 모양도 조금씩은 다를 것이다. 그 다름을 드러내는 방법에 매혹된 채 오늘도 같은 표정, 다른 얼굴을 찾고 있다. 반복적이라 해도 어제와 오늘이 분명 다르고 똑같은 크기의 감정은 결코 만날 수 없다는 것을 안다. 볼레로는 14분 47초 동안 진행되고 그 동안에도 몇 개의 같은 장면의 다른 모습을 찾아 새로운 인상을 만들어내고 있다. 확실한 색깔을 가진 그 인상은 색상환 36 혹은 48 이런 식으로 분리될 수는 없겠지만 나름의 기억으로 저장될 것이다. 그래서 반복적인 인상 앞에서 또 한 번 멈춰서서 생각한다. 나를 움직이게 하는 것 혹은 나를 멈춰 서게 하는 것에 대하여.

목에는 비닐 끈을 매고서

황 씨 성을 가진 남자가 키우는 가마우지는 다섯 마리였다. 어쩌면 더 많은 수의 가마우지를 그는 가지고 있는지 모르지만 그의 배에 탄 가마우지는 다섯 마리였다. 볕을 쬐듯 흔들리는 배 위에서 가마우지는 황 씨의 노 젓는 소리를 들으면서 곧 강의 중심에 닿으리라는 것을 안다. 목에는 단단한 비닐 끈을 맨 채 황 씨가 오른팔을 들자 가마우지 한 마리가 그 위에 가 앉는다. 까만 털에 부리가 긴 새는 황 씨의 낚싯대였다. 강 중심에 가마우지를 풀어놓고 황 씨는 기다린다, 큰 부리에 걸린 물고기를. 혹여 성질 급한 가마우지가 물고기를 통째로 삼키면 목에 맨 비닐 끈을 조이면서 토하게 한다. 물고기를 부리 사이에 끼워 두고 가마우지는 온 우주 삼라만상을 생각하지는 않을 것이다. 가마우지가 물고 있는 물고기를 꺼내는 황 씨의 얼굴과 손을 바라보는 내가 대신 생각하고 있을 따름이다.

기마우지는 계신된 계획 아래 움직이는 순종적인 생명체였다. 어느 한 놈 제가 잡은 물고기를 순식간에 먹어 치우지 못했다. 여름 그 작은 강변 마을에서 뱃놀이를 하다 만난 가마우지 떼를 잊고 지내다 요 며칠 다시 떠올리게 된 것은 지난 일기장도 아니고 저장된 사진도 아닌 것 같다. 써놓은 습작 시를 보다가 머뭇거리는 문장을 오랫동안 바라보다 보니 자연 가마우지가 떠올랐다. 잡아놓고 삼키지도 못한 먹잇감, 주인이 물고기를 뺏으러 오는 시간 10초, 그 동안 가마우지는 펄떡대는 물고기를 긴 부리로 꽉 쥐고만 있다. 먹어 삼킬 생각은 애초부터 없는 듯 주변에서 낚시하는 다른 가마우지를 곁눈질하거나 사진 찍는 관광객들마저도 아는 체하지 않으며 주인의 억센 손놀림을 기다리고 있을 뿐이다. 꽉 물고 있는 산 물고기, 어떤 놈은 너무 세게 물고 있어서 생생한 물고기의 맛을 보았는지도 모른다. 비늘이 벗겨지고 상처가 난 물고기가 여전히 도망갈 궁리로 파닥거린다. 주인의 손으로 넘어간 물고기. 다시 먹지도 못할 먹잇감을 찾아 강으로 돌진하는 가마우지. 가마우지에게 물고기는 환상 속의 먹잇감인 셈이다. 탄성과 박수는 주인 황 씨 몫이고 낚시를 마친 가마우지는 오리 떼처럼 집 앞 웅덩이에 갇힌다. 여전히 목에는 비닐 끈을 매고서 유유자적 별 바라기를 하고 있다.

가마우지를 자세히 들여다 본다면 그들이 처한 상황이 참으로 어처구니없다는 생각을 하게 된다. 독수리처럼 용맹한 눈빛과 거친 털, 그리고 길고 단단해 보이는 부리, 유순하기

짝이 없는 오리와는 종이 달라 보이는데도 불구하고 가마우지는 숙명처럼 낚싯대 역할을 하며 지낸다. 주인 황 씨 말에 따르면 저 놈들의 성격이 워낙 거칠어서 길들이는 데 공을 많이 들였다고. 그는 자신의 팔과 손등에 생긴 숱한 상처를 자랑 삼아 보여주었다.

　고문의 새로운 방식이다. 입 속에 넣어주고 삼키지 못하게 하는 것. 입안에서만 느껴지는 맛이라서 위가 전해주는 포만감을 가마우지는 알지 못하게 한다. 세상의 모든 말들을 가져다 내 책상에 올려놓은 일. 그 말들 중 내 말로 길들이고 바꾸는 일, 혹은 다른 사람 몰래 얼른 삼켜 소화시키는 일. 내 목에도 단단한 비닐 끈이 매여 있었나 보다. 입에만 물고 삼키지 못한 채 주인이 와서 빼 가기를 기다리는 말들

은 가마우지의 물고기와 다를 바 없었다. 노려보고 지켜보아도 쉽게 오지 않는 말들을 황 씨처럼 공들이면서 길들여야 하는데 어쩐지 내 기술은 부족하기만 하다.

나룻배 상단에 나란하게 앉아 있는 가마우지는 홰치듯 날개를 펼치지도 않는다. 쭈그리고 앉아서 세상 말들을 흘려보내는 늙은 노숙인처럼 그렇게 다음 낚시를 기다리고 있다.

감자는 언제나 옳다

　감자탕에는 감자와 감자를 닮은 돼지 뼈가 있다. 동네 마트에서 감자 뼈들이 쌓여 있는 광경을 본 다음부터는 감자는 더 이상 감자가 아니다. 일부러 깎아도 저렇게 동그란 뼈를 만들 수는 없을 것이다. 시뻘건 살점들 속에 파묻힌 감자 뼈를 아무렇지 않게 들어 올리는 사람들의 손가락이 분주해진다.

　동그란 뼈, 돼지는 진주를 닮은 그 뼈를 몸에 지닌 채 총총 움직이며 먹이를 먹었을 것이다. 관절과 관절 사이를 이어주는, 그리하여 돼지의 전신을 부드럽게 지탱해주는 감자 뼈. 어쩌면 돼지의 유연함이 저 감자 뼈 때문인지도 모른다는 생각에 장바구니를 옆에 끼고 걷는 내 오른발에 힘이 들어간다. 오른쪽 엄지발가락, 그러니까 발바닥과 발가락이 구분되어지는 그 지점에 감자 뼈가 들어와 있다. 정확한 기억은 없지만 서너 달은 넘어 보인다. 새롭게 생긴 동그란 뼈를 마냥 기뻐하기에는 고통이 크다. 육안으로 확연하게 보이는 감자 뼈. 갑자기 생긴 데에는 여러 가지가 이유가 있을 테지만 돼지의 걸음을 떠올려 보면 알 것도 같다. 오랫동안 굽이 높은 힐을 신으려고 애썼다. 앞코가 동그란 혹은 뾰족한 신발은 길이 들어 느슨해져 있어도 늘 불편했다. 아침에 신은 신발은 걸어다니는 동안 반쯤 벗겨져 있었다. 도무지 발이 아파서 신발 안에 발을 넣고 있기가 어려웠다. 그렇게 지낸 시간들이 내 발에 감자 뼈를 만들었다.

새끼 돼지들은 힐을 신고 있는 것처럼 통통통 뛰어다닌다. 돼지의 감자 뼈를 찬찬히 훑어 본 것은 내 발에 문제가 생긴 다음부터였다. 발가락을 바닥에 대고 발바닥을 공중으로 힘껏 들어 올리면 순간 감자 뼈가 사라진다. 그러다 하루가 다 끝나는 저녁, 발을 쭉 펴고 앉아 있으면 다시 감자 뼈가 만져지고 감자 뼈에 대해 생각한다.

돼지의 감자 뼈와 내가 가진 감자 뼈를 나란하게 놓고 상상한다. 너는 어디서 왔니? 먹지도 않는 돼지고기와 죽은 돼지 살점들과 살아서 움직이는 돼지들. 감자 뼈가 불러온 관심이었다. 붉은 살점 사이에 둥글게 접혀 있는 감자 뼈는 몸뿐만 아니라 마음도 둥글게 해준다. 그리하여 돼지는 언제나 곡선의 몸을 유지한다. 대개 정육 코너 뒷벽에는 돼지 그림이나 사진이 붙어 있고 부위별 설명이 간단하게 적혀 있다. 부위별로 분류해놓고 그 아래 붉은 살점들을 쌓아놓는다. 볼 때마다 느끼지만 참 잔인하다. 그 아래 고개를 숙인 채 세심하게 살펴보는 사람들, 감자를 닮은 뼈를 찾고 있다.

한겨울 동북 사람들은 주로 양고기와 뼈째 붙어 있는 큼직한 돼지고기를 먹는다 하였다. 감자 뼈가 붙어 있는 돼지고기 부위는 요즘이 제철인가 보다. 잔뜩 쌓인 고깃덩어리들. 그래서 더 유심히 보는 동그란 뼈였다. 돼지 부위 명칭과 별도로 동그란 감자를 닮은 저 뼈는 돼지가 품은 여의주일 것이다. 육중한 몸을 네 개의 발로 요염하게 지탱하려면 특별한 힘이 필요할 게고 그 힘을 만들어내는 곳이 바로 감자 뼈이다. 인파 속을 힘겹게 뚫고 나와 멋진 광경을 처음 만나는 눈빛처럼 살과 근육을 뚫고 나온 동글한 감자 뼈. 마주대고 부딪치면 경쾌한 소리가 날 듯하다. 긴 겨울을 꿋꿋하게 견디려는 마음처럼 손가락을 쫙 펴 감자 뼈만 골라 집는 힘은 있는 그대로의 발견이었다.

빵집 쿠폰은 이달 말까지

인터넷이 끊겼다. 일 년이라는 유효기간이 이미 지난 것이었다. 월세를 사는 이 집에도 유효기간이 있다. 2월말이면 임대가 끝이 난다. 유효기간이 얼마 남지 않았다. 우편함 속에도 유효기간이 정해진 쿠폰들이 넘쳐난다. 어느 날까지만 쓸 수 있다는 사실, 약속이라고 명령이었다. 시간은 늘 명령을 한다. 부탁을 하는 시간은 이제껏 한 번도 없었다.

유효기간, 정해져 있는 운명, 가끔은 이런 말들에게 묘한 끌림을 느낀다. 이미 정해져 있는데도 불구하고 빗겨 가려는 몸부림. 그래서 삶은 아름답다. 모든 사물들이 유효기간을 지니고 있다. 공산품처럼 대놓고 보여주는 것. 임대계약처럼 잊고 지내다가 때가 되면 찾아야 하는 것. 스스로 인지해야 하는 삶마저도.

아침부터 나는 유효기간이 적힌 수많은 것들을 마주한다. 두부 팩에 쓰인 유효기간을 시작으로 전기요금 내야 하는 날까지 모든 것들은 유효기간 안에서 의미 지어진다. 무한하다는 말 또한 유한함을 내포하고 있어서 듣기 좋은 말이 되었다. 방학이 좋은 건 유효기간이 있기 때문이다. 그래서 젊음은 그토록 아름답고 사랑 또한 애틋한 것이다. 매일 아침 정해진 시간에 책상 앞에 앉는 이 행위에도 분명 유효 기간이 있을 것이다. 그래서 날마다 같은 시간에 앉을 수 있는 것이다. 정해진 시간들, 하나의 시간이 끝이 나면 다른 시간이 다시 정해지고 그런 반복들이 지금을 오늘을 현재를 찬란하게 만든다. 쿠폰에 적힌 유효 기간을 보니 얼마 남지 않았다. 그 시간이 지나면 쓸모없는 종이로 전락할 쿠폰은 유효기간 동안은 반짝반짝 빛이 난다.

사람과 사람의 관계에도 유효기간이 있을까. 그와 나는 알고 지낸 지 10년이 되었고 못 본 지 5년이 넘었다. 그럼 우리의 관계는 이미 유효기간이 지난 것이 될까. 다시 만나도 유효기간이 지난 상태가 되는 것일까. 물론 사람 관계에는 정해진 유효기간이라는 게 없을 테지만 오랜만에 만나서먹한 자리가 지속된다면 유효기간이 지난 것이라고 해두고 싶다. 관계는 애매한 시간 속에서도 여전히 지속된다. 어렵다는 말로 이 모든 관계를 정의하는 데는 역시 무리가 따른다. 어쨌든 유효기간에서 빗겨나가는 관계는 있기 마련이다.

내 청춘의 유효기간은 아직 남아 있을까. 아니면 이미 지났을까. 마음이 청춘이라면 그깟 유효기간쯤이 대수냐고 하지만 사실은 아니다. 몸이 이상 신호를 보낸다. 달라져가는 친구들의 모습을 통해 나의 청춘이 점점 유효기간을 다해간다는 생각, 그들도 나를 보며 같은 의미로 고개를 끄덕일 것이다. 정해진 시간만큼의 아름다움!

빵집 쿠폰은 이달 말까지다. 이월은 다른 달보다 짧은데, 빵집 사장은 그걸 노린 것이겠지. 짧아서 빛나는 시간이다. 유효기간이 다 가기 전에 딸기가 듬뿍 올려진 생크림 케이크라도 사와야겠다.

쩐쩐, 니 짜이 나리?*

웹서핑을 하다가 식물이라든가 동물 이름을 접하면 잠깐 멈춰 외우려 애쓴다. 이름을 제대로 알고 있는 게 손가락으로 셀 정도이다. 물고기도 그렇고 새도 그렇고 알고 있는 이름보다는 모르는 이름이 참 많다. 뭉뚱그려 새, 꽃, 나무, 물고기…… 그렇게 부르는 게 너무 당연하다고 느꼈다. 전문 분야가 아니니까 그 많은 종류의 이름을 전부 다 외우고 기억한다는 것은 무리야, 그리고 돌아서면 언제나 그들의 이름이 궁금했다.

세상에 이름이 없는 것은 없다. 들꽃도 길고양이도 버려진 폐가전도 분명 이름이 있었다. 어쩌다가 잃어버린 이름이다. 그러다가 누군가 다시 이름을 불러주면 새롭게 태어난다. 그래서 이름은 언제나 중요하다.

---

* 니 짜이 나리(你在哪里): 어디 있니?

내 이름을 불러본 일이 점점 드물어진다. 지난 십년 내내 대개 내 이름은 우 조교였다. 학교 다니는 동안 그렇게 불려지는 날이 많았다. 그리고 지금 내 이름은 요쩬이다. 중국어 발음으로 위요쩬, 중국식으로 부르니 쩬쩬이다.(친근함의 표시로 이름의 끝을 두 번 부른다.) 그들의 습관대로 내 이름도 중국식이 되고 있다. 그 낯선 발음과 소리에 나는 한동안 헤매었다. 나는 우유진인데 그들은 쩬쩬을 찾는다. 쩬쩬과 우유진은 분명 다른 사람이다. 쩬쩬으로 불릴 때면 가장 쩬쩬다운 모습을 만든다. 여전히 딱 맞는 옷을 찾은 것은 아니지만 쩬쩬은 분명 우유진과는 다른 삶을 살고 있다. 쩬쩬은 중국 친구들과 어울려 웃고 떠들고 그들의 말에 귀 기울이고 호응마저도 잘한다. 게다가 아는 단어라도 나오면 큰 목소리로 함께 떠들어댄다.

　일 년 열두 달 중 열 달을 쩬쩬으로 살다가 한국으로 돌아가 우유진이 되면 제일 먼저 듣는 소리가 목소리가 너무 크다는 것이었다. 언니는 내 청각에 문제가 생긴 것 같다면서 병원에 갈 것을 권유할 정도였다. 소심해지고 작아지는 우유진을 쩬쩬에게서 찾을 수 없다. 물론 쩬쩬도 소심한 삶을 살고 있지만 쩬쩬의 소심함은 성격상의 소심함이 아닌 환경이 주는 소심함이다. 언어의 소심함이라든지, 음식의 소심함이라든지, 일차적인 문화에 대한 소심함이지 삶을 총괄하는 소심함은 아니다. 그러나 우유진은 언제나 소심하다. 열

등감에 싸여 스스로를 소심함으로 밀어 넣는다.

　게다가 제 중심으로 생활하는 데 익숙한 우유진과 쩐쩐은 정반대로 다른 사람을 살뜰히 챙긴다. 혼자보다는 여럿을 좋아하는 쩐쩐은 음식 만들기를 즐기기까지 한다. 우유진은 만두 빚는 일에 질력을 냈다. 설 명절 하루 빚어야 하는 만두에 혼자 스트레스를 받았었다. 쩐쩐은 일부러 만두를 빚는다. 만두의 천국이라고 할 수 있는 중국에서 만두를 사다 먹기보다는 스스로 소를 만들어 하나하나 빚는다. 이름이 이렇게 만들었다고 할 수 있다. 물론 쩐쩐은 우유진보다는 게으르다. 그렇지만 쩐쩐에게는 우유진이 품을 수 없는 여유가 있다. 그 둘은 서로 닮았지만 환경이 만들어준 삶을 다르게 살아가고 있다. 이름에 대해 생각하다 보니 마치 내가 나 아닌 제 삼자에 대해 이야기하는 착각마저 든다.

　이름을 가진 것들은 제각기 제 이름에 알맞은 삶을 산다. 그래서 고유명사는 귀한 것이다. 엘리베이터에서 만나는 아기들, 그들을 아기라고 부를 때보다 이름을 부르면 우리의 관계는 분명 달라진다. 이름을 불러주면 아기는 나와 눈을 맞춘다. 내가 아무리 손을 흔들면서 아기를 불러도 제 이름을 부르지 않으면 아기의 시선은 언제나 다른 곳을 향한다. 처음 만난 사람에게 이름을 알려준다는 것. 이름을 걸고 약속을 한다는 것. 이름 앞에서 우리는 각자의 이름에 어울리는 사람이 된다.

시 쓰기 좋은 계절

　과연 그런 때가 따로 있을까. 독서하기 좋은, 여행가기 좋은, 공부하기, 연애하기……. 어떤 일을 수행하기 안성맞춤의 계절이 정말 따로 있을까. 만약에 그런 시기가 있다면 시 쓰기 가장 좋은 때는 언제일까. 휴대폰 메신저를 통해 봄이 왔다는 것을 알았다. 날씨도 사람들의 옷차림도 아닌 문자 메시지가 제일 먼저 봄을 알려준다. 꽃이 피었다고 야단스럽게 사진을 찍어서 메시지로 전송한다. 그리고 봄이라고 적어두면 봄은 여기저기를 떠돌며 다닌다.

　봄은 남쪽에서부터 시작된다고 해서 꽃 지도를 만들어 봄을 알려주던 때도 있었다. 이미 전송된 메시지 속 봄은 내가 살고 있는 곳보다 더 남쪽으로 가기도 하고 여전히 눈이 내리는 북쪽으로 가기도 한다. 바람보다도 빠르고 계절보다 한 발 더 빠르게 움직인다.

　시 쓰기 좋은 계절이란다, 봄은. 메시지를 전송하듯이 시도 빠르게 전송된다. 좋은 시는 봄을 알리는 꽃 사진보다 더 빠르게 움직인다. 게다가 쉽게 지워지지 않는다. 바람도 비도 잦은 이 봄날 좋은 시를 찾아다니는 일, 좋은 시를 쓰고 싶은 욕망 때문이다.

낮잠을 자다 깨서 제일 먼저 시 쓰기 좋은 계절이라는 말과 마주한다. 봄은 시작하기 좋다고 한다. 겨울에는 날씨 때문에 몸도 마음도 움츠러들어 감히 세상과 대적할 용기가 나지 않는다. 그런데 봄은 꽃이 피고 볕도 따뜻하니 뭐라도 시도해 보고 싶은 마음이 절로 드니 자연과 인간이 가장 가까운 한때인 듯싶다. 좀 더 깊이 좀 더 멀리 가 닿으려고 애쓰는 행위가 시 쓰기라면 오히려 봄은 그런 행위를 밀어내기 좋다. 지천에 꽃이 피면 어여쁘다는 말의 빈도수는 점점 줄어든다. 사철나무 아래를 지나는 느낌으로 꽃을 바라본다. 꽃잎을 쓸어 담는 청소부의 무심한 손길처럼 봄의 꽃은 흔해진다. 청소부의 빗자루에 걸린 봄꽃들처럼 그렇게 흔한 것들을 주워 담아 귀하게 여기는 일, 시 쓰는 일이다.

2월의 흙을 돋우는 저 긴 삽의 힘에서 뒤집힌 생흙이 내뿜는 향기에 봄은 이미 와 있었다. 꽃이 피는 일은 나중 일이 된다는 것을 메시지로 적어 보내야겠다. 때를 찾아 움직이는 유목민의 수많은 보따리처럼 흔들리면서 가까워지다 멀어지는 일. 자리를 파하고 떠나는 유목민의 낡은 보따리에 싸이기 전에 아쉽지 않을 만큼의 봄의 말을 적어두어야겠다.

봄이 여기저기 떠돌며 씨 뿌리는 것을 우두커니 바라보

고 있기에는 시간이 길지 않다. 묵혀두었던 힘을 뻗는 봄이라서, 생각 속에서 머무르던 말들을 끄집어 올려야 한다. 일상에서 일상을 찾는 숨은 그림 찾기. 내가 보냈던 그 많은 봄들이 시 쓰기에 발 묶이고 있다. 봄은 언제나 짧아서 깊게 숨 한 번 몰아쉬다 보면 어느새 계절이 바뀐다. 아쉬움 가득한 봄 대신 짧은 호흡이라도 배워야겠다.

낮에 보니 양지쪽 목련은 이미 만개하였다. 이번 주가 지나면 꽃 진다는 말로 새로운 호흡을 알려주는 봄, 심장에 가까운 봄, 그래서 봄은 시 쓰기 좋은 한때다.

지금 바로 도전하세요

최근 부쩍 늘어난 헬스클럽 회원들 때문에 긴장을 하며 지낸다. 당연히 요가 수업을 받는 사람들도 늘어 수업 30분 전에 이미 만석, 요가 매트를 깔 공간이 없다. 요가 교실 마룻바닥에는 숫자가 적혀 있다. 1부터 24까지. 24명이 수업을 받을 수 있다는 말인데, 최근에 그 작은 교실에서는 30명까지도 수업을 했었다. 갑자기 왜 회원이 늘어났는지에 관해서는 확실히 알 수 없지만 시간에 맞춰 요가 수업을 듣는 일은 불가능해졌다.

오늘 나는 정확히 2시 5분에 집에서 출발하였다. 사실 헬스클럽이 내가 살고 있는 아파트 단지 안에 있어서 5분이면 충분한 거리이다. 수업을 시작하려면 아직 20분이나 남아 있는 상황인데도 마지막 죄석을 겨우 차지할 수 있었다. 이르게 준비한 아주머니들이 앞자리를 다 차지하니 선택의 여지가 없었다. 맨 뒷줄에서 수업을 듣는다는 게 나쁜 것은 아니지만 여전히 중국어가 약한 탓에 요가 강사의 얼굴을 마주보면서 동작을 해야 마음이 편했다.

3월은 여름을 준비하는 사람들에게는 이른 시간이 아니다. 무슨 말인고 하니, 봄이 이른 상해는 당연히 여름도 이르게 온다. 긴 여름을 잘 보내고 싶은 사람들이 제일 먼저 찾는 곳이 헬스클럽이었다. 남녀노소를 막론하고 우리 모두는 다이어트에 묶여 산다. 살이 쪘다는 말에 기분 좋을 사람을 찾기가 점점 어렵다. 나 또한 오랜만에 만나는 친구들이나 가족들에게서 살이 쪘다는 말을 듣는 일을 즐기지 않는다. 살이 쪘다는 말은 게으르고 나태한 생활을 하고 있다는 말처럼 들려서 언제나 체중계 숫자의 눈치를 보며 살고 있다.

　요가 수업을 마치고 나오는데 뚱뚱한 남자 두 명이 핸드폰을 열심히 들여다보며 몸을 놀리고 있었다. 40대 후반 정도로 보이는 그들은 다이어트에 대한 새로운 세계를 발견한 듯, 열심히 그렇지만 아주 서툴게 동작을 만들고 있었다. 마음만 먹으면 살을 뺄 수도 찔 수도 있는 세상이다. 개인 트레이너의 지도 아래 운동을 하는 사람들도 있지만 인터넷 세상에는 그들보다 더 직접적이고 상세하게 운동 방법과 식이 요법을 알려준다. 이어폰을 끼고 휴대폰 화면을 보면서 운동하는 사람들은 인터넷 강좌를 듣듯 화면에 열중한다.

　꽃샘추위에도 봄비에도 아랑곳하지 않은 채 여름을 준비하는 사람들. 그들이 여름을 준비한다는 생각을 하지 못한 채 헬스클럽 샤워장을 꽉 채운 사람들 때문에 씻고 나오는 일이 곤혹스러웠다. 그러다 엊그제 함께 요가를 하는 언니에게 물었더니 그녀의 말이 여름을 준비하는 사람들이라고 한다. 그랬다. 준비는 언제나 미리 해야 하는 것이었다. 여름이 다 지나고 여름을 준비하는 사람은 없을 것이다. 내년 여름을 목표로 다이어트 계획을 세운 사람도 지금부터 준비를 해야 할 것이다.

일 년은 열두 달이고, 여전히 봄과 여름 그리고 가을, 겨울을 만끽하며 살고 있기에 계획을 세워 준비를 하는 일이란 갑작스러운 사건은 아니었다. 변함없이 반복되는 그 시간을 쪼개고 나눠 생활하는 일, 삶을 제대로 살아가는 법이라고 우리 몸은 말한다. 아직은 3월 초라서 여름이 오려면 한참 남은 것 같은데 준비하는 마음은 그렇지만도 않은 듯하다. 집에 손님이 온다 하면 미리 청소를 하고 장을 보고 음식을 장만하면서 기다리는 시간, 짧으면서 참 길었다. 3월 달력을 마주하면서 여름을 준비하는 그 마음은 오히려 급해질 것이다.

뚱뚱한 아저씨가 열심히 들여다보고 있었을 4주 프로젝트, 당신도 초콜릿 복근을 만들 수 있습니다 지금 바로 도전하세요, 예전에 나도 저 영상을 보고 마음이 확 당겼었다. 시작은 단순한 동작 몇 개에서 출발하지만 4주차에는 고난위도의 동작이 즐비한, 날마다 주는 마법에 그들은 이미 빠져들었다.

고양이의 죽음

호주에 살고 있는 동생과 영상통화를 할 때면 자주 등장하는 이불, 바로 늙은 고양이다. 동생이 키우는 것은 아니고 그녀의 남자 친구와 16년 동안 함께 산 동거인 이불. 이달러라는 그 이름은 우리의 통화에 자주 등장했다. 그도 그럴 것이 동생과 그녀의 남자 친구의 삶 속에서 이불이 차지히는 자리는 생각보다 훨씬 크고 깊었다. 동생의 말을 빌리면, 이불을 부르는 남자 친구는 자신이 알고 있던 사람과는 다르다는 것이다. 어쩌면 저렇게 다정하고 상냥할 수 있을까 싶을 정도로 그는 이불에게 무한한 애정을 보낸다는 것이다. 고양이의 수명이 평균 15년 안팎이라고 한다면 이불은 장수하고 있는데 문제는 이불이 언제까지 살 수 있을지를 모른다는 것이다.

호주 사람들은 항상 선글라스를 지니고 다닌다. 자외선 때문이겠지만 눈물을 다른 사람들에게 보이는 걸 꺼리는 문화도 한몫한다고 했다. J는 3년 키우던 고양이가 죽은 후 슬픔이 너무 커 일주일 내내 회사도 가지 못하고 울었다고 했다. 친구들이 위로한다고 J를 초대하니, 와인 몇 잔에 쏟아지는 눈물. 주머니에서 선글라스를 꺼내 끼고 한없이 우는 까만 밤. 동생의 이야기를 들으면서 한편으로는 우습고 한편으로는 애잔한 마음이 들었다. 3년을 함께 산 고양이의 죽음이 저러한데 16년을 함께 산 고양이의 죽음은 상상하는 것만으로도 이미 큰 상처이자 슬픔이었다.

어느 날 이불이 보이지 않아 동생은 당황했다 한다. 그녀는 이불에게 큰 애정을 지니지 않았지만 사라짐은 죽음과 직결된다고 믿고 있었다. 까만 고양이 이불은 수염이 하얗고 듬성듬성 흰털이 있다. 가끔 느리게 지나가는 이불의 형체를 화면에서 볼 때면 나도 모르게 몸이 움츠러들었다. 우리 자매는 죽음을 참 가볍게 이야기했다. 늙은 이불은 인간으로 치면 100세가 훨씬 넘었을 텐데, 가끔 눈을 감은 채 가만히 앉아 있을 때면 몇 마디 유언이라도 남기려고 저러는 것은 아닐까 하는 생각. 알게 모르게 노출된 죽음 앞에서 손 뻗으면 도처에 있는 그 죽음 앞에서 아직은 숨을 쉬고 있는 이불. 며칠 후면 동생이 사는 호주를 방문하는데 나를 궁금해 하는 그 많은 사람들보다 늙은 고양이 이불이 가장 보고 싶다.

일흔이 넘은 부모님과 동생을 보살펴주는 할머니, 그리고 내 삶에서 그림자를 크게 남긴 분들이 모두 이불처럼 점점 늙어가는 분들이었다. 가끔은 준비해야 하는 죽음들이 있다고 믿는다. 죽음을 준비하는 게 오늘의 삶이라면 준비된 죽음의 형태는 어떠할까. 고양이 평균 수명을 넘어 장수하고 있는 이불이지만 그는 그냥 집고양이일 뿐이다. 슈퍼 히어로 고양이가 아니기에 곧 다가올 그의 죽음을 그와 16년을 함께한 동생의 남자 친구는 과연 어떻게 준비할까. 준비된 죽음, 그 세계 어디쯤에 이불의 언어가 있을까.

굳이 큰 소리로 말하지 않아도 돼, 이불은 다 알아들어. 문 앞에 웅크리고 앉아 있는 이불에게 비키라며 소리치는 동생에게 남자 친구의 낮은 목소리가 들렸다. 그 한마디 말에 동생은 마치 우주 저 나락으로 홀로 떨어지는 것 같았다고 했다. 다 알아듣는다는 말, 그럼에도 불구하고 그도 아직 이불의 죽음을 준비하지 못한 까닭에 언제나 이불을 애잔한 눈빛으로 바라보고 있는 것이다. 이불의 흰 수염, 그날에 가까워진다.

서른이 되면

서른 즈음에는 자연스럽게 몸에 근육이 생기는 거라 생각했다. 여리여리하던 팔뚝에서부터 시작된 단단한 근육이 이내 전신으로 퍼져 나가 멋진 근육을 입은 그런 서른 즈음의 여인들. 텔레비전이나 영화에서 보여주는 서른 즈음의 여인들은 모두 다 그랬다. 어느 순간 당연하게 받아들이는 모습이 현실에서는 점점 멀어진다.

내 옆에서 요가 동작을 멋지게 하는 열아홉의 소녀. 그녀의 앳된 모습은 전신을 통해 그대로 드러났다. 아직은 단단한 근육이 자리 잡지 않은 여린 몸을 지닌 그녀가 나와 같은 동작을 하고 있다. 스무 살의 나이 앞에서 분명 나와 그녀는 다르다. 내게 필요한 것은 여린 손가락과 손목이 아닌 조밀조밀하게 자리 잡은 근육이었다. 근육을 심으려고 나는 몇 년 동안 애를 쓰고 있지만 근육이라는 게 생각만큼 쉽게 늘어나지 않았다. 그래서 내가 처음 요가를 배우기 시작한 3년 전 조밀조밀한 근육을 지닌 선생님이 나를 보며 하던 말, 너의 물컹한 허벅지 살을 내가 완전히 없애줄게, 그 말은 여

전히 유효했다. 근육 한 자락이 자리를 잡기 위해서는 3년보다 더 긴 시간이 필요하다. 사람마다 다르겠지만 적어도 내게 있어 근육을 키우는 데 드는 시간은 확실히 길다. 날마다 촘촘하게 키워나가면 어느 순간 근육의 숲에 다다를 수 있을 거라고 막연히 기다린다.

생각도 감정도 근육이 필요하다 하였다. 근육은 지탱할 수 있는 힘을 만들어주고 의연하게 받아들이는 자세를 알려주었다. 마음이 쉽게 흔들리는 것은 아직 마음 근육이 부족한 탓이리라. 마음의 텃밭에다 근육을 심는 일 또한 얼굴에서 흐르던 땀이 전신을 타고 결국에는 바닥에 똑똑똑 동그라미를 그리는 일이다. 여전히 근육을 심는 일에 서툰 나는 지금까지와는 다른 생각을 가져보기로 한다. 전혀 다른 생각을 할 수 있는 내가 된다는 상상만으로도 심장이 빨라진다.

작년 겨울 예고하지 않았던 한파로 우리 동네 소철이 모두 죽었다. 사철 내내 푸른 잎을 자랑하던 나뭇가지가 누렇게 변색되더니 결국에는 봄이 오기 전에 모두 잘려 나갔다. 그리고 다시 찾아온 봄에 솔방울처럼 맺혀 있던 새순이 점점 커지더니 낯익은 잎사귀를 드러내었다. 결국 한 뿌리에서 올라온 가지는 전혀 다른 나무가 될 수가 없었다. 뿌리를 지탱하는 힘을 그대로 놔두고 새로운 나무가 되기를 희망한다면 역시나 접붙이는 방법뿐이다. 한 가지를 자르고 그 위에다 다른 가지를 붙이면 어느 순간 한 나무에서 다른 나무가 자란다. 나를 나이게 했던 시간들을 올곧이 놓아두고 전혀 다른 나를 찾아 헤매는 일이란 처음부터 불가능한 일이다. 내가 키워오던 생각을 반쯤 자르고 지금껏 나와 전혀 다른 생각을 갖다 붙인다. 단단하게 동여맨 다음 가지와 가지가 서로 덧나지 않게 서로가 서로를 자연스럽게 받아들이기를 기다린다. 서른의 근육은 바로 이런 것이리라. 나를 지나간 그 모든 시간들과 다시 내 앞에 펼쳐질 시간들 앞에서 서로가 덧나지 않게 지금과는 전혀 다른 생각이 자랄 수 있도록 묵묵히 지켜보는 힘.

내 옆에서 동작을 만들려 애쓰는 소녀가 아름다운 것은 얼굴이 예뻐서가 아니었다. 그녀가 지닌 저 어림은 단지 지금만이 누릴 수 있는 특권이라는 사실을 알게 되면서부터였다. 어디서부터 만들어 나가야 할 근육인지는 명확하게 알 수는 없지만 분명한 것은 어제와는 다른 근육이 필요하다. 서른 즈음의 근육으로.

왕관을 짊어진

　일층 현관에 엊그제부터 맨드라미 화분이 놓여 있다. 자주 빛 붉은 맨드라미. 닭 벼슬이 거꾸로 서 있는 모양을 닮은 그 꽃이 그냥 좋다. 가을을 알리는 꽃이라면 단연 국화나 해바라기가 으뜸일 텐데 그 사이를 파고 든 맨드라미.

　사실 향기도 없고 꽃잎도 따로 없는 맨드라미는 결코 아름답지 않은 꽃이다. 긴 사연이 있었던 것도 아닌데 우연히 만난 맨드라미는 쉽게 지나칠 수 없는 꽃이 되었다. 지나가는 사람이 없길래 가만히 다가가 코를 대본다. 역시나 향기가 없다. 그러니 분명 저 꽃 또한 묵혀둔 이야기가 많을 것이다.

　가을이면 도로변을 조용히 채우는 꽃. 맨드라미를 좋아하는 사람이 많은 것일까. 아니면 오염된 공기 속에서도 무던하게 자라는 성향을 지닌 것일까.

그날 먼지 많은 공사장 길을 지나고 있었다. 풀리지 않는 일을 잡고 사는 사람처럼 답답한 마음에 누가 보아도 상관 없다는 식으로 울면서 걸었다. 모르는 사람들뿐인 아주 큰 나라, 말도 사람도 다 서툰 때, 공사장 한 켠에 핀 맨드라미 가 눈에 들어왔다. 하얗게 먼지 낀 이파리를 보고 있으니 애 처롭다는 생각에 더 울었다. 지나가는 사람들 눈에 띄지 않 을 그 자리가 그렇게 서러울 수가 없었다. 눈물이 꽃 이파리 에 떨어지니 한 줄 긴 얼룩이 생겼다. 손가락으로 문지르니 풀 냄새가 났다. 머리 위로 내리꽂히는 볕은 뜨거웠지만 한 바탕 울고 나니 마음은 한결 가벼웠다. 그날 이후 맨드라미 는 더는 못생긴 꽃이 아니었다. 기도하는 꽃이었고 묵묵히 기다리는 꽃이었다. 입술을 꼭 다문 그 모습이 언젠가는 속 마음을 털어놓을 것만 같았다. 쉽게 흥분하지도 노여워하지 도 않을 입이 무거운 사람 같은 꽃. 실내에서 자란 맨드라미 였지만 그 자줏빛 붉은색은 언제나 강렬하다. 그 강렬함을 아는 사람만이 그 진가를 안다고 생각하니 혼자만의 비밀 같아서 잠깐이지만 으쓱해졌다.

왕관을 짊어진 저 형상이 보통의 아름다움으로 말하기에 는 부족하다. 제가 짊어진 왕관의 무게를 누구보다도 잘 알 고 있어 쉽게 벌어지지 않는다. 그래서 일부러 맨드라미의 꽃말을 찾지 않았다. 누군가 이미 그에게 의미를 심어주었다면 맨드라미는 더는 나만의 꽃이 아닌 게 뻔해서였다.

늘상 마주하는 꽃들이 혹은 나무가 전혀 다른 의미로 읽혀질 때가 있다. 그런 날은 화석이 걸어 나오는 듯한 두근거림에 최초의 발견자로서의 흥분을 홀로 만끽한다. 언제나 나는 신의 존재를 믿었다. 다만 신을 찾을 때가 오늘처럼 맥락 없이 자신감이 곤두박질칠 때 혹은 간절한 바람이 있을 때라는 것이 문제라면 문제였다. 기다림의 순간 내 눈에 들어온 맨드라미는 신의 전언이었다. 아직은 입을 열 때가 아니지만 그럼에도 불구하고 붉게 붉게 열정을 불태워야 한다고, 가볍게 이마를 치며 다짐한다.

내 열정의 색깔이 아직은 저 자줏빛 붉은색에 가 닿지 못했다고. 맨드라미가 가을에 꼭 어울리는 꽃으로 한 자리 차지하고 있듯이 내게도 어울리는 이름과 빛깔이 분명 있을 것이다. 이마에 핏방울이 맺힐 때까지 맨드라미꽃의 붉은색을 닮은 열정을 다시 한 번 끄집어내야 한다. 누구나 자신의 색을 지니고 있기에 그 색깔을 찾을 때까지. 지금은 맨드라미가 피는 계절이다.

가끔 그는 은행 길로 돌아왔다

그가 아침에 밟고 간 길을 따라 걷는다. 아침에 볼 수 없었던 풍경 속 네온사인이나 상점의 불빛, 일을 마치고 돌아가는 노동자들, 잃어버린 것을 찾는 사람처럼 찬찬히 거리를 살핀다. 퇴근하는 사람들 표정, 저녁 장사를 준비하는 가게 주인들, 저녁을 먹는 사람들, 어둠 속에서 장난치고 까불다 우는 아이들, 그들의 얼굴을 마주하는 게 좋았다.

십여 분 남짓한 저녁 산보길. 그를 마중하는 길이고 그를 기다리는 시간이었다. 언제부터였는지 정확히 셈할 수는 없지만 우리는 항상 서로를 마중하듯 기다렸다. 상해에 와서는 마중을 나가는 일은 대개 나만의 몫이지만 날마다 날씨가 다르듯이 마중을 나가는 마음도 달랐다. 저녁 준비도 다 했고 읽던 책이 살짝 지루해질 때 혹은 산책이라도 할까 망설이고 있을 때 그가 온다.

집으로 오는 길은 두 갈래였고 큰길에는 은행도 편의점도 여럿 있어서 우리는 은행 길이라고 불렀다. 가끔 그는 일부러 은행 길로 돌아왔다. 은행 길은 꽃나무며 정돈된 가로

수가 길게 늘어서 있어 계절이 들어오고 나가는 것을 한눈에 볼 수 있다. 밤에는 꽃들이 가로등에 가려져서 잘 보이지는 않지만 널찍한 길이 보여주는 세상은 봄꽃만큼 다채로워 거리감이 무뎌진다. 나의 마중은 대개 아파트 뒷길, 일명 똥길에서 이루어진다. 좁고 한적한 길이라서 용변이 급했던 몇몇 사람들이 실례를 했던 어느 날 아침, 아파트 뒷길은 똥길이라는 이름을 갖게 되었다.

게다가 공사 중인 그 길에는 노동자 숙소가 있다. 한 명이 겨우 지나다닐 수 있는 좁은 인도 바로 옆, 문과 벽이 하나인 그곳에 간이침대가 여러 개 있었고 작업복을 입은 인부들이 밥을 먹으며 잠을 잔다. 겨울에는 문을 닫고 있어서 잘 몰랐는데 날이 풀리니 벽이 열리고 속이 그대로 밖으로 들어났다. 바이주 냄새가 물씬 풍기는 저녁, 그들을 마중하는 것은 늙은 개도 밥 해주는 여인도 아니다. 간이침대 옆 바이주, 그 독한 술이 그들의 하루를 마중하고 있었다. 그들이 저녁을 먹는 모습을 힐끔거리다 보면 어느새 다시 큰길로 나와 있었다.

마중을 가는 길, 나는 그 길을 좋아한다. 짧으면 짧아서 좋고 길면 길어서 좋다. 간판을 가득 채운 중국어, 거리를 채운 사람들의 말, 닮았지만 전혀 다른 세계였다. 날마다 만나는 사람들, 헤어질 때 건네는 인사, 그 속에 나는 없고 그들만 있다. 그런 감정을 따라 걷는 끝에 아는 그가 서 있다.

반가운 마음은 날마다 다르고 기다리는 마음 또한 달랐다. 생각해보면 우리는 모르는 사람들 속에서 살고 있는 유일한 아는 사람이었다. 그래서 그를 마중하는 길은 귀찮음이 아닌 낯익은 세계로의 회귀였다. 그도 나도 낯섦에 길들여지고 있다. 그 익숙함이 생활을 단순하게 만들고 복잡함을 잊게 한다. 오늘 하루 내가 쓴 단어는 100개가 채 못 된다. 중국어를 포함하더라도 내가 만든 세계는 확실히 좁다. 그래서 일부러 저녁때 그를 마중 나간다. 길에서 말들을 줍고 싶은 간절함은 빈 병을 찾는 그런 눈을 닮았다. 갑자기 열리는 세계 앞에서 놀라거나 뒷걸음치지 않으리라는 마음으로 신호등을 기다리고 곧 나타날 그를 기다린다.

기다림의 시간

헬스클럽 요가를 하는 방은 유리벽으로 되어 있어서 밖이 그대로 내다보였다. 리모델링을 한 다음부터 내내 신경 쓰였던 것은 유리벽을 에워싸던 블라인드가 사라지고 없다는 것이다. 리모델링을 하기 전에 그 벽에는 색이 바랜 블라인드가 있어서 볕이 강한 날이나 여름에는 바닥까지 블라인드를 내렸었다. 그런데 봄볕이 날마다 강해지는 요즘 도무지 블라인드를 내걸 생각을 하지 않는 헬스클럽 관리자를 이해할 수가 없었다. 아니 그 볕 아래서 요가를 하면서 어느 누구 하나 불만을 제기하지 않는다는 게 더 신기했다.

그러다 이번 월요일 요가 방에는 깨끗한 블라인드가 걸려 있었고 볕을 가린 사람들과 마주하게 되었다. 기다리면 되는 일이었다. 나보다 상해의 봄볕의 강렬함을 더 잘 알고 있는 사람들의 머릿속에는 이미 다 계산이 되어 있던 일이었다. 누군가 내게 귀띔이라도 해주었으면 하는 마음이 없던 것은 아니었지만 그것마저도 기다리면 되는 일이었다. 요가에 집중하면서 내 몸과 요가 강사의 말에 귀 기울이면 되는 일인데 그걸 모른 채 내내 속을 끓이고 있었던 것이다.

조금만 기다리면 되는 일들. 그 기다림의 시간을 스스로 고통스럽게 만들다 지쳐 쉽게 잃어버리기도 했다. 강한 봄볕을 가려주는 블라인드를 가만히 바라보니 피식 하고 웃음이 났다. 만약 하루를 더 못 참고 서툰 중국어로 관리자에게 불만을 얘기했다면, 그리고 그 다음날 블라인드가 잘 갖춰진 요가 방을 마주했다면 부끄러운 마음에 한동안 고개를 숙이고 다녔을 것이다. 혼자만의 시간은 참 지루하고 길다. 가끔은 그 시간을 함께 공유한다면 그 지루함은 존재하지 않았던 일처럼 그냥 흘러갈 것이다. 잃어버려도 좋을 마음을 꽁꽁 감싸고 지내다 스스로 놓친 시간에 대한 아쉬움은 생각보다 컸다.

몇 번의 지나침을 지나야 조급한 마음에서 벗어날 수 있을까. 잊고 지내는 것과 알면서 풀어놓는 마음은 시작부터 다른데 몇 번의 잊음은 마치 내가 큰 어른이 된 듯한 착각을 불러왔다.

결혼 문제로 들떠 있는 동생에게도 기다림의 시간은 필요할 것이다. 시간은 헛되이 지나가는 적은 없었다. 문득, 어린 시절 아버지의 잔소리 끝에 매달려 있던 그 말, 그 문장을 베껴 쓰듯 그대로 따라 해 본다. 시간을 헛되이 보내지 말아라, 그때는 그 말이 무서움이라기보다는 귀찮음이었다. 늦은감이 없지는 않지만 제 무게에 발맞춘 기다림의 시간을 믿는다.

아프다

아프다는 말을 하면 그 순간 정말 아프다. 아프지도 않은 데 아프다고 말할 때가 있다. 오늘처럼 밖은 환하고 집안은 그늘이 짙게 드리워져 있을 때 그냥 아프다는 말로 시간을 벌고 싶다. 사실 그렇다고 시간이 내게 머물러 있지 않을 걸 알면서도 그냥 속는 체한다.

우리 집 바닥은 나무 바닥이다. 결이 고운 나무들을 길게 늘어놓은 잔 바닥에 반듯하게 눕는다. 잠을 연장하려는 생각보다는 시간이 그냥 이대로 멈추기를 바라는 마음으로 누워 있다.

여름이 오려는지 바람이 거세다. 바닥에서부터 올라오는 꽃잎들, 공중으로 꽃잎들이 분주하게 지나가고 있었다. 누워 있을 때에도 빨래를 걷을 때에도 화분에 물을 줄 때에도 날아다니는 꽃잎은 멈춤이 없었다. 나만 아프고 나를 뺀 모든 사물은 안녕하다. 그들만 안녕하고 나는 여전히 아픔 속에 있다. 사실이 아니다. 그들 모두는 아픔을 온몸으로 안고 날고 있었다. 그 아픔을 바라보면서 자유롭다거나 혹은 가볍다는 말을 함부로 내뱉는 건 나쁘다.

몸이 아프다고 말을 한다면 내 몸도 성장을 하려는 것일까. 날마다 꽃들처럼 피지도 않고 뜨지도 못한 채 그 순간을 모면하려는 말로 아프다는 단어를 찾아 그 속에 몸을 숨긴다. 아픔의 종류를 찾아 헤아리다가 내가 들어가 있어야 할 아픔을 찾지 못했음을 알았다. 정말 아프면 아프다고 말할 여력이 있을까. 아픔 뒤로 숨는다고 해서 내게만 시간이 멈춰 있지도 않을 터인데 말문이 막힌 사람처럼 그냥 아프다는 말만 한다. 이럴 때에는 잠도 오지 않는다.

한 계절에서 또 다른 계절을 넘어가려는 마음이 얼마나 아픈가를 아는 사람은 아프다는 말을 쉽게 하지 않는다. 꽃잎이 날리는 시간, 나무가 아플까 꽃봉오리가 아플까. 날리는 꽃바람에 함박웃음을 지으며 사진을 찍는다. 펄럭이는 치맛자락을 부여잡고 아, 봄은 언제나 바람이 문제야 라며 얼굴을 살짝 찡그리는 사람도 있다. 일부러 헤아리려 해도가 닿을 수 없는 아픔도 있다. 마룻바닥에 누워 있으면 몸이 바닥이 되려 한다. 점점 등이 차가워지고 어느 순간 바닥과 나는 체온을 나눈다. 내가 누워 있던 자리에 덜어진 내 체온은 바닥을 따뜻하게 해주고 그만큼 내 등은 차가워진다. 한기가 느껴질 무렵이야 내가 누워 있던 바닥에 대해 생각한다. 아프다, 바닥이 아파서 열이 난다. 어느 곳에 가 닿을 성장이기에 이 바닥은 열을 내고 있는 것일까. 일어나 앉아 내려다보는 바닥만큼 딱 그 높이만큼 내가 성장 했으면 한다. 아프다는 말만큼 자랐으면 한다.

바람이 지나간 자리는 언제나 고요하다. 저 고요 속에는 나만 못 듣는 절규가 숨어 있다. 점점이 짙어가는 나무를 거리를 큰 눈으로 지켜보고자 한다. 사람이 사는 마을에는 언제나 아픔이 더불어 산다. 그 아픔을 아름답다는 말로 바꿔 말할 힘이 내게 있을까, 바닥이 나를 받아준 게 아니라 내게 바닥에게 새로운 온기를 전해주었다고 믿고 싶다. 날마다 아픔의 연속인 저 푸르름 속에서 나만 아프지 않다는 게 부끄러워 내내 아프다는 말을 해 본다. 함께 성장하고 싶다는 욕심만큼 계절은 변해가고 있다. 그래서 나는 아프다.

마음을 얻다

버려진 화분에 씨앗을 심었다. 화분의 마음을 얻어 흙을 담고 흙의 마음을 얻어 씨앗을 담고 씨앗의 마음을 얻어 싹이 틀 것이다. 앞으로 햇볕과 바람과 물의 마음을 얻어야 온전하게 씨앗의 마음을 얻는 것이다. 싹이 트고 순이 나고 잎이 자라는 그 기나긴 시간 동안 나는 내내 그들의 마음을 얻기 위해 애를 써야 한다. 온전한 마음이 가 닿은 그 자리에 꽃이 피고 잎이 자라고 열매를 맺을 것이다. 그런 생각을 하며 지나온 길에는 진초록 잎들이 고요하게 흔들리고 있었다. 찬찬히 들여다보아야 하는 꽃들, 꽃망울이 너무 작아서 혹은 잎과 색이 닮아서 한 번에 보이지 않는 꽃들에 마음을 얻으려면 한동안 그 자리에 머물러 있어야 한다. 나의 마음을 온전하게 그에게 보내야만 그들이 보인다.

비 그친 저녁때, 신선한 공기는 집밖으로 아이들을 불러냈다. 놀이터와 연못가, 계절과 계절을 연결해주는 것은 언제나 어린아이들이었다. 아이들 소리에 계절이 오고 가는지도 모른다. 연못가 벤치에 어린 아기를 안고 앉아 있는 할머니. 포대기에 둘둘 말린 아기는 갓 70일이 되었다고 한다. 얼굴에는 채 떨어지지 않은 살비듬과 완전히 벌어지지 않은 눈과 입, 그 아기의 마음을 얻기 위해 가던 걸음을 멈추고 몸을 숙이고 얼굴과 얼굴을 맞닿으려 하는 그 지점까지 내려가 웃는다. 사랑스러운 말이라든가 아름다운 말들을 하나씩 하나씩 꺼내 아기의 입술 위에 덮어두고 싶었다. 아기가 웃는다. 나는 아기의 마음을 얻었다. 아기도 나의 마음을 얻었다. 일부러 고른 순결한 마음이 아기에게 가 닿은 것이다.

아침에 심어놓은 화분 속 씨앗을 생각하다가 그들이 싹이 트고 잎이 나려면 내 마음이 얼마나 그 자리에 머물러 있어야 할까 생각해 본다. 마음을 얻는 일, 사랑이다. 사랑은 마음과 마음이 오고 가고 주고받는 그 자리이다 씨앗 봉지 뒤에는 9일이나 10일 후면 싹이 난다고 적혀 있었다. 그러면 나는 9일 동안 내내 씨앗이 심어진 화분에 마음을 줘야한다. 씨앗의 마음을 얻기 위해서는 통과해야 할 마음들이 많기는 하지만 온전한 내 마음이 화분 속 씨앗에 가 닿는 날 싹이 튼다. 이렇게 생각하고 보면 세상은 언제나 사랑뿐이었다. 겨울 지나 봄을 맞는 나무가 추위를 버티고 다음 봄을 그 다음 여름을 맞이할 수 있는 것도 언제나 누군가의 마음을 얻었기 때문일 것이다. 어쩌면 산책길에 만난 아기는 아직 사물과 시선을 제대로 맞추지 못하는지도 모른다. 그럼에도 불구하고 내 마음이 아기의 마음에 가 닿아 우리 둘의 마음을 서로가 얻었기에 같이 웃는다. 입 벌리고 웃는 아기, 꽃봉오리처럼 벌어진 입술, 아기에게 마음을 얻는다. 그 마음을 담고 오다 어느 집 울타리에 핀 귤꽃, 얼핏 보면 잘 보이지 않는 그 자리에 마음을 준다. 흰 꽃이 마음을 받고 다시 꽃잎의 마음을 얻은 나에게 울타리가 벌어지고 귤꽃만 보였다. 마음을 얻었을 때 그 자리는 온전하게 밝아진다. 주변의 화려한 철쭉이 살짝 지워지고 작고 흰 꽃망울들이 자리를 밝힌다. 마음이 가 닿는 자리, 마음을 얻는 일, 온전한 눈 마주침이다.

온전하게 사물을 본 적이 얼마나 있었던가. 스쳐가는 것들에게서 마음을 얻으려 잠깐 머물러 있는 순간이 하루에 몇 번이나 있을까. 초록도 같은 초록은 아니고 철쭉도 똑같은 철쭉이 아닌데 마음을 얻으려 애쓰지 않으니 꽃들이 잎들이 변해간다. 4월의 나무들, 꽃들, 하늘…… 그들의 마음을 온전하게 얻기 위해 걷던 걸음을 잠깐 멈춘다. 걸음이 점점 느려지는 이유는 아마도 그들의 마음을 온전하게 얻으려는 내 마음 때문일 것이다.

두 번째 맛

녹차는 첫 잔이 아니라 두 번째가 진짜였다. 일부러 첫잔을 버리고 두 번째 잔을 마시려고 하지는 않지만 어느 순간 맛이 좋다, 라고 느낄 때는 언제나 두 번째였다. 왜일까. 처음은 언제나 낯설어서 모든 감각이 활짝 열려 있을 터인데 녹차를 마실 때에는 감각이 달라지는 것 같다. 차에 대해서 잘 알지는 못하나 맛이 다르다는 것은 확실하게 말할 수 있다. 처음과 두 번째 수치로 따져 보면 얼마 되지 않는 시간이다. 그럼에도 불구하고 맛이 다르다는 것을 느낄 수 있다는 사실은 그저 놀랍다.

익숙해지면 잃어버리는 것들이 점점 늘어난다. 익숙한 맛은 두 번째에 가깝다. 어제의 첫 잔과 오늘의 첫 잔 그리고 두 번째 잔, 찻잎이 물의 온도에 익숙해지면서 내는 맛이기에 두 번째 잔에 담긴 녹차의 맛이 풍부하다고 느끼는 것이다. 물의 온도와 찻잔의 온도, 그리고 찻잎의 익숙함, 그들이 서로를 완전하게 이해하는 때가 두 번째 잔일까. 그래서 언제나 두 번째 맛에 감동을 받는 것일까. 처음과 두 번째,

두 번째와 세 번째, 기억되는 것은 언제나 처음과 두 번째였다. 그 다음부터는 의미 없는 나열이었다. 녹차 잎도 세 번째 네 번째 갈수록 점점 맛을 잃어간다. 어느 순간부터는 찻잎의 맛이 아닌 물의 맛이었다.

찻잔을 천천히 물들이던 그 연녹색도 사라진 몇 번째 잔, 몇 번째의 맛. 이미 익숙해질 대로 익숙해진 맛은 더는 차의 맛이 아니었다. 두 번째 찻물을 담을 때 눈을 크게 뜨고 숨을 죽이고 뭔가 다른 점을 찾으려 애쓰지만 실은 아무것도 찾을 수가 없다.

처음이라는 말 앞에는 설렘과 두근거림, 그리고 영원할 거라는 약속이 수식어처럼 붙는다. 그래서 늘 두 번째는 원치 않는 그림자가 되어야 한다. 진짜는 두 번째였다고 말한다면 다들 수긍하지 않을지도 모른다. 기억에 각인된 첫 번째가 너무 깊어서 두 번째는 살며시 색을 입히는 정도였기에…….

태생부터 성공이라든가 성취와는 거리가 먼 단어이자 위치였던 두 번째. 세상이 원하는 것은 두 번째가 아니라 첫 번째였다. 두 번째는 태어나면서부터 내게 부여된 자리였다. 언니와 나, 나는 둘째 딸이고 둘째는 태어나면서부터 첫째에게 가려진다. 첫째를 이기려고 애쓰면 쓸수록 둘째의 성향이라며 에둘러 하는 말에는 어떠한 설렘이 없었다. 그 말에 지지 않으려 하면 욕심이 되었다.

녹차는 언제나 두 번째이다. 잘 우러나온 색과 향에 눈길을 가둔다. 작고 동그란 잔에 꽉 들어찬 내 얼굴과 눈과 입, 두 번째에 잘 어울리는 나였다. 익숙함으로 채워지기 직전 딱 그때, 그 맛을 나는 알고 있다. 기억에 남는 것은 첫 번째라 할지라도 오래도록 곁에 두고 싶은 것은 두 번째였다. 사람도 그럴까. 처음에는 잘 몰라서 혹은 서툴러서 놓치고 빠뜨린 일들이 많기에 오히려 두 번째에 정신을 바짝 차려 애써 힘을 비축하려는 것, 내게 두 번째가 될 모든 상황들에 대해 눈 크게 뜨고 두루두루 살펴보아야겠다.

두 번째 녹차는 잔이 식고 찻물이 식어 낯선 처음으로 되돌아갔다. 깊이와 향은 사라지고 없지만 사라진 두 번째는 아니다. 그래서 다행스럽다. 책상 앞에 나란하게 꽂힌 책들은 어느새 두 번째가 되었다. 잊혀 가는 두 번째를 가만히 불러본다. 화요일, 두 번째 요일…… 어제 내리고 오늘 내린 비, 두 번째 비…… 다시 시작된 공사, 두 번째 공사…… 불러 세우니 세상은 온통 두 번째 투성이다.

부드러운 게으름

게으름이라는 글자 앞에 '부드러운'을 덧붙여 본다. 부드러운 봄바람, 부드러운 손길, 부드러운 커피. 부드럽다는 말이 덧붙여지는 단어는 언제나 미소를 만든다. 게으름 앞에 '부드러운'을 덧붙여도 괜찮을까.

서두름 없는 날들이 점점 늘어나다 보면 결국 게으름에 와 닿게 된다. 그럴 때마다 스스로를 채찍질한다. 이렇게 게을러서야, 삶을 온전하게 살지 않는 것 같은 기분에 자괴감마저 든다. 그런데 게으름 앞에다 부드럽다는 말을 덧붙이면 뭔가 근사한 기분이 들었다.

요가 수업이 진행되는 한 시간 동안 내 귀에 박힌 말은 다른 사람을 보지 마세요, 혹은 다른 사람의 동작에 연연하지 마세요, 자신의 몸과 호흡에 집중하세요, 정리하면 다른 사람과 비교하지 말라는 말이었다. 남들은 다 되는 동작을 억지로 따라 하면 넘어지거나 관절에 무리가 온다. 몸이 먼저 말을 했는데도 불구하고 다른 사람을 따라 하려 애쓰는 순간, 이미 내 몸은 내 몸이 아닌 것이 된다.

내 게으름은 부드러운 게으름이다. 남들이 모두 출근한 아침, 창밖으로 바삐 움직이는 사람들을 느리게 바라본다. 서둘러 걷는 사람들, 대부분 팔을 휘젓거나 머플러를 휘날리며 도망치듯 시야에서 사라진다. 그들의 삶에 비추어 보면 내 삶은 참 게으르다. 내 시계는 천천히 움직이고 있고 그들의 시계는 정신없이 돌아간다. 그들에게 나를 맞추는 순간 나의 일상의 질서는 산산이 부서지고 천천히 돌아가던 시계바늘도 우왕좌왕 결국에는 고장 날 것이다.

게으름, 타인의 삶에서 이탈하고자 하는 욕망이었다. 욕망을 꿰뚫고 나아가는 힘, 부드러운 게으름에서 시작된다. 고정된 궤도에서 벗어나는 일에는 용기가 필요하다. 용기를 얻기 위해 이곳저곳 기웃거리다 보면 결국 참고자 했던 일들이 무엇이었는지를 잊는다. 하나씩 잊고 지내다 보면 지워지는 삶의 그림자들이 늘어난다. 결국 마지막 어느 지점에서는 텅 빈 마음을 꽉 쥔 손, 그 손은 온전한 내 것이다.

생활 계획표를 짜서 책상 앞에 붙여놓았던 여름 방학, 하루 24시간은 동그라미 안에 갇혀서 쉬는 시간도 잠자는 시간도 밥 먹는 시간도 갇힌 채 절름발이 시간을 보낸다. 단 한 번도 동그라미 계획표대로 생활한 적은 없었다. 규칙적인 삶과 갇힌 삶은 분명 달랐는데 그때 누구도 알려주지 않았다. 다른 사람들이 그렇게 산다 하니, 나 또한 그렇게 생활하는 것이 옳다고 믿었다. 다른 사람의 삶, 그들의 동작,

그들의 호흡, 따라 하는 삶에서 결국 낙오되었다고 느낄 때 나는 게으른 사람이었구나, 하고 스스로를 질책한다.

어떤 날에는 발가락에 물집이 생기고 터지는 줄도 모른 채 걸었다. 어떤 날에는 밤이 지나가는 줄도 모르고 책을 읽었다. 어떤 날에는 씻지도 않은 채 영화를 보았다. 얼굴에서 전기 냄새가 날 정도였다. 그런 날들은 동그라미 계획표에서 이미 낙오된 시간이었다. 누군가 나를 질타하지도 않는데 스스로 주눅이 들었다. 이렇게 사는 삶은 망가진 자들의 삶이야, 살아 있는 건강한 삶은 바쁘게 움직이는 시간표에 맞춰 사는 삶이야. 이런 내 마음에 부드러운 게으름이라는 말을 써 본다. 괜찮다, 부드러운 게으름 앞에서라면 하루를 꽉 채워 어떤 일에 몰두해도 아니면 풀어놔도 모두 다 괜찮다. 곁눈질하며 다른 사람과 비교하지 않는다면 자신의 시간으로 삶을 일구어 나간다면 결코 넘어지지는 않을 것이다. 내 몸의 모든 근육들에게 힘을 실어주려면 시간이 필요하다. 분명 오른쪽과 왼쪽도 시간차를 두고 달라질 것이다. 고양이 나라에 사는 강아지처럼 더 부드러운 게으름 앞에서 당당하게 시간을 보내야 한다. 당신이 아닌 나는 그렇다.

언젠가는 쓸모 있을 거야

우리 집은 88제곱미터이다. 어제 초대받은 집은 137제곱미터였다. 한나절을 그 집에서 지내다 돌아오니 불편 없던 우리 집이 한없이 너저분해 보였다. 분명 아침에 청소를 하고 나간 집인데, 마룻바닥에서 윤이 나고 있는데도 못마땅한 어떤 것이 있었다. 가을 겨울 내내 잘 사용하던 어두운 보랏빛의 러그가 칙칙해 보이기까지 했다. 볕이 길게 들어와서일까. 날리는 먼지 때문이 아니라는 것을 알면서도 한번 탁자를 쓸어 보았다. 침묵만 들어차 있는 방에 앉아서 사방을 찬찬히 둘러보았다. 테이블에는 머그잔 두 개와 물병, 덮여 있는 책, 헤드폰, 세탁소에 맡기지 못한 스웨터, 방금 전까지 두르고 있던 스카프…… 정리 되지 않은 채 나열되어 있었다.

가만히 보니 우리 집은 정리가 아닌 사물의 나열이었다. 옷장 위에도 빈 상자와 여행 가방이 나열되어 있었고 소파 위에도 식탁 위에도 일용품들이 줄줄이 나열되어 있었다. 우리 집에 얼마나 다양한 물건들이 있는지 알기나 해요, 물어 보지 않은 질문에 먼저 대답하듯이 물건들이 사물들이 줄줄이 나와 있다. 정리가 필요한데, 그 정리 또한 새로운 나열 방법에 불과했다.

이 집에 세 들어 산 지 3년째. 처음에는 매년 이사를 해야 하니 살림을 늘리지 말아야지 하는 생각을 굳게 했었다. 그러다 시나브로 늘어나는 살림들, 필요한 것과 쓸 것의 구분이 흐려지는 그 찰나를 틈타 욕심이 나를 넘어섰다. 매번 나중을 기약한다는 변명 아닌 변명으로 오늘까지 오게 되었다.

물론 137제곱미터의 집은 수납장이 많기도 하고 공간이 넓어서 숨어 있는 사물들이 많았을 테지만 그보다는 불필요한 것들이 자리를 차지하지 않고 있었다. 부부는 30년을 함께 지낸 기념으로 작년에 새로 수리를 했다고 한다. 아마도 그때 그들은 결단을 했을 것이다. 불필요한 것들과 멀어지기, 단출하게 혹은 간결하게 생활하기 위해 새로운 다짐을 했을지 모른다. 오래된 살림에는 물건들이 많다. 물론 집주인의 성격에 따라 조금은 다르겠지만 십 년을 산 우리 부부보다는 30년을 산 그들이 조금은 더 많은 물건들을 지니고 있었을 것이다. 지켜야 할 것들이 참 많을 것이라고 막연하게 생각했는데, 그들의 살림을 보니 새삼 내 생각이 잘못 되었다는 것을 깨달았다.

어느 시간에 멈춘 채 새로운 것들과 먼저 작별을 한 듯한 살림들은 궁색하다기보다는 오히려 깔끔했다. 애써 정리를 해야 할 물건이 없다는 것이 참 평화로웠다. 버리는 용기, 놔주는 힘이 필요하다는 것을 알지만 언제나 망설이게 된다. 옛 것에는 이야기가 있다. 내게로 와 내 것이 된 다음부터는 나와의 삶에서 만들어지는 이야기를 서로 공유하게 된다. 그래서 쉽게 버리지 못한다며 변명을 만들었다.

자리를 차지하고 있는 저 많은 물건들을 제대로 입거나 썼었나를 생각해 본다. 욕심일까, 집착일까, 아니면 미련, 그것마저도 아니면 귀찮음을 동반한 무관심이었을까. 방 두 칸, 작은 옷장 두 개, 책상 하나, 식탁과 테이블, 이 집에 세 들 때부터 있던 자리들, 그 사이에다 우리를 포개 넣는다. 단촐하다고 생각했는데 결코 단촐하지 잃은 살림에 한숨이 먼저 나온다. 날마다 줄여나가자, 먼저 생각을 간결하게 하고 다시 정리하자. 언젠가는 쓸모 있을 거라는 막연한 희망으로 지금껏 모아둔 사물들과 씩씩하게 헤어지자. 정리의 철학이 필요하다고 생각하니 불필요한 사물과 물건들이 줄줄이 떠오른다. 사실 생활에서 불필요한 사물은 없지만 더 필요한 것 또한 없었다. 살림에도 다이어트가 필요하다.

3부

익 숙 해 지 면   잃 어 버 리 는

감기

벌써 나흘째 감기로 앓는 중이다. 감기는 익숙한 병이기에 대개는 참으며 보낸다. 그런데 최근 나빠진 공기 때문인지 내내 잠을 잔다. 하루 열두 시간은 기본으로 잠을 자는 것이다. 그러다가 콧물이 너무 나서 마스크를 찾으러 엉거주춤 몸을 숙일 때 집안 가득 떠도는 먼지 덩어리를 보았다. 식탁 밑에도 의자 밑에도 소파 밑에도 가구의 아래쪽 바닥에는 이미 먼저 덩어리들이 자리를 잡고 있었다. 겸손한 것들, 먼지는 언제나 겸손하다.

그러나 밑에서부터 차오르는 것들 중 먼지만큼 빠른 것은 없었다. 마스크를 제대로 귀에 걸고 발을 밀며 보이는 먼지를 집어 올렸다. 오늘 공기 매우 나쁨으로 표시된 일기예보를 보면서 닫힌 문을 밀고 들어온 저 먼지 떼들이 마치 감기 바이러스 같았다. 연거푸 기침을 해대니 눈앞에 먼지들이 어디론가 사라졌다. 흩어진 바이러스를 따라 잠깐 몸 돌린 먼지들. 손을 씻고 다시 잘까 하다가 먼지 덩어리들이 떠올라 창문을 열었다. 활짝 열고 싶은 마음과 달리 밖은 여전히 희뿌옇다. 길 건너 아파트가 흐리게 보이는 걸 보면 오늘 공기는 정말 나쁨이다. 최근 이 동네 공기는 미세먼지 때문에 연일 나쁨으로 기록되었고 길에는 방독마스크를 쓴 사람들의 모습을 심심치 않게 볼 수 있었다. 에스에프 영화에서 보던 마스크와 닮아서 그런지 살짝 섬뜩하기까지 했다.

청소기 전원을 누르는 순간 먼지 떼들이 도망간다. 저 놈 잡아라, 내 감기의 근원인 저 먼지 떼들을 전원 포획해야 한다는 일념으로 콧물이 흐르는 줄도 모르고 청소기를 굴렸다. 씽씽 거리는 소음을 타고 먼지 떼들이 사라진다. 마룻바닥을 채우던 그 겸손한 자태가 순식간에 공중으로 떠오른다. 새떼들이 놀라 파닥거리는 것처럼 먼지 떼들도 공중으로 날아오른다. 한 놈이라도 놓치지 않으려는 일념이 청소기를 공중으로 힘껏 쳐올린다. 깃털 같은 먼지가 순간 빨려 들어 사라진다. 안심. 감기는 곧 나아질 것이다. 기침이 한 차례 터지면 내 몸 속 감기 바이러스들이 사라진 먼지처럼 줄어들 것이라는 확신에 어지러운 머릿속이 순간 맑아지고 있다.

한 차례 감기가 내 몸을 쓸고 지나간다. 머리에서부터 발끝까지 열이 도는 몸은 정상 체온보다는 여전히 높다. 콧물 때문인지 콧방울이 하얗게 텄다. 내가 지나간 자리에는 흔적처럼 뭉쳐진 휴지가 쌓여 있었다. 오늘부터 감기는 소강 상태로 진입할 것이다. 먼지 떼가 사라진 자리에 가지런하게 정리된 물건들. 내일 날씨는 다시 맑음을 전할 것이고 탁한 목소리 또한 맑게 돌아오리라는 희망을 품고 잠을 청한다. 깊은 밤이 지나도록 내 기침은 멈추지 않았고 먼지처럼 납작 엎드린 몸이 다시 감기와 사투 중이었다. 아무래도 내일 아침에는 병원에 가 봐야겠다. 겨울을 지나가려는 마음과 달리 감기는 긴 겨울이 아직은 한참 남아 있음을 보여주는 듯하다. 먼지를 치우는 마음으로 감기를 치우겠다는 의지가 쉽게 꺾이고 말았다. 감기를 앓는 내 몸이 좀 더 깊은 휴식을 원하고 있다.

니 레이 마?

모르는 사람들과 함께 어울려서 춤을 춰 본 적이 있다면, 그 분위기를 잘 알고 있는 사람은 건강한 사람이라고 단언할 수 있으리라. 춤은 사람과 사람 사이의 벽을 허문다. 말로는 잘 부서지지 않던 벽이 춤을 추는 그 시간에 사라진다. 같은 동작을 따라 하는 동안 귓가를 맴도는 음악 소리. 처음에는 잘 들리지 않던 그 노랫소리가 어느 순간 몸을 감쌀 때 얼굴에 웃음이 그려진다. 호흡이 가빠지고 땀이 송글송글 맺혀도 한 번 새겨진 웃음은 쉽게 사라지지 않는다. 동작이 틀려도 혹은 다른 사람들보다 우월해도 마냥 즐겁다. 서로 눈이 마주쳐도 웃고 발을 밟아도 팔이 부딪쳐도 웃는다. 몸 안에서 꿈틀대던 머뭇거림 따위는 이미 지워지고 없다. 음악은 우리를 불러들이고 우리는 음악에 맞춰 팔을 흔들고 다리를 쳐든다. 일련의 동작이 변변주되고 시간이 지날수록 웃음은 커진다.

날이 풀리는 계절, 저녁때 핑씽관루 공터에서 춤을 추는 사람들. 일면식이 있든 없든 음악에 맞춰 몸을 흔드는 순간에는 누구든지 친구였다. 춤을 추는 동안은 춤에 집중할 뿐 다른 일들은 중요하지 않았다. 춤추는 한 시간은 세상과 나, 그리고 춤뿐이다. 말보다 더 강렬함으로 춤은 춤을 부른다. 처음에는 서너 명의 여인들이 음악에 맞춰 팔을 흔들었다. 다음 날에는 대여섯 명, 날마다 사람들이 늘어난다. 그 속에서 함께 호흡하는 동안 이방인과 외국인, 타인에 대한 낯선 시선은 없다. 함께라는 말을 몸으로 표현하는 일, 춤을 춘다.

처음에는 구경만 하려 했다. 춤을 추는 사람 곁에 서서 그들의 몸짓을 구경하는 일, 그러다가 맨 뒷줄에 슬쩍 끼어들어 그들을 따라 움직이는 일, 열을 맞춰 서서 함께 춤을 춘다. 오른쪽으로 움직이는 몸은 오른쪽이라서 즐겁고 왼쪽으로 방향을 트는 일은 왼쪽이라 즐겁다. 솔직하게 말하면 팔과 다리, 그리고 몸통이 움직일 수 있는 반경은 정해져 있다. 대개 움직임은 거기서 거기였다. 그런데 춤에 취해 있는 사람들의 움직임은 일상에서 만나는 움직임과는 달랐다. 손에 꽃을 달고 있지 않은데도 꽃이 보였다. 한들한들 버들가지처럼 흔들리는 듯 그 모습 속에서 꽃이 피고 지는 마법 같은 일이 벌어진다.

함께 춤을 춘다. 눈인사 한 번 하지 않았던 사람들 속에서 나도 모르는 에너지가 몸을 흔들게 했다. 입이 벌어지는 춤사위는 없었지만 함께 발을 구르고 팔을 쳐드니 오래 전부터 알고 지내왔던 사람들처럼 가깝다는 생각이 들었다. 땀을 닦다가 눈이 마주치면 그냥 웃는다. 그 웃음은 몇 개의 긴 문장보다 더 정겨웠다. 니 레이마? 힘드냐고 묻는 그 짧은 문장으로 나와 그들은 친구가 되었다. 건강한 땀들이 바닥을 수놓는다.

즐거운 한때를 보내기 위해 오늘을 기다렸다는 듯이, 몸이 말을 듣지 않는다 해도 동작을 따라 움직이는 다리가 힘에 부치더라도 함께라서 즐겁다. 웃음소리가 음악 소리를 앞지른다. 지나가던 사람들이 구경꾼이 되어 멈춰선다. 아마도 내일이면 그들도 우리가 되어 함께 발을 구르면서 땀을 흘릴 것이다. 함께, 춤을 춘다.

눈치가 보였어, 분홍색 꽃잎에게

이르게 핀 꽃이라서 그랬을까. 바람을 동반한 비가 저녁부터 그치지 않고 있다. 공중에서 날리는 빗방울을 따라가니 꽃가지에 멈춘다. 일부러 그랬을 리 만무한데 자꾸만 빗방울이 꽃가지를 향하는 것 같다. 꽃잎에 달라붙은 빗방울 때문에 꽃송이는 점점 무거워지고 바람에 쉽게 노출되고 있다. 떨어져 날리는 것은 빗방울이 아닌 꽃잎이었다.

웅덩이 주변을 따라 연분홍빛 꽃잎이 떨어져 있다. 어제보다 낮은 기온 탓에 두껍게 옷을 입고 있지만 눈길이 가 닿는 것은 역시나 떨어진 꽃잎이었다. 어머나 예뻐라, 겨울 따위는 이미 잊힌 이름이 되었다. 손등과 콧방울이 빨갛게 얼어도 그래도 봄이다. 이 비가 지나가면 완연해진 봄 속에서 살게 될 것이라는 희망, 몸은 이미 말하고 있었다. 다시 두꺼운 스웨터를 꺼내 입기에는 연분홍 꽃잎에게 눈치가 보였어. 얇은 꽃잎들이 차가운 빗줄기를 버티고 서 있어서 두꺼운 스웨터를 입는 것은 꽃잎을 배신하는 행동 같았다. 가만히 보니 꽃잎은 비와 바람에 쉽게 지지 않았다. 떨어져 날리는 꽃잎은 이미 한동안 찬란한 봄을 만끽했던 꽃잎들이었다. 어쩌면 떠날 때를 망설이고 있었는데 비와 바람이 도와준 것인지도 모른다. 정해진 때를 찾아 떠나는 것은 꽃에게도 어려운 일인가 보다. 지금 내리는 비는 봄을 시샘하는 비가 아니라 봄 안에 있음을 보여주는 꽃비다. 꽃잎이 비에 떨어지는 게 아니라 비를 만난 꽃잎이 먼저 떨어지고 있다.

고층 빌딩에서 듣는 바람 소리는 언제나 삭막하다. 나무나 풀잎을 지날 때 내는 소리와 다른 빌딩과 빌딩 사이를 힘겹게 빠져나가는 소리, 직선에 부딪혀 상처 입는 소리는 언제나 거칠다. 그래서 건물 안에 있으면 먼저 언제나 꽃송이가 걱정이 되었다. 저 거세고 거친 바람에 그들이 잘 견딜 수 있을까. 비가 지나간 자리에 꽃망울이 모두 떨어지면 어쩌나 하는 근심에 봄이 와 있음을 잊고 만다. 꽃샘추위가 바라는 것은 바로 이런 것인지도 모른다. 봄 안에 있음을 잊은 채 겨울이 지나는 걸 지켜보는 일. 그리고 돌아올 겨울을 다시 생각하는 것. 겨울은 언제나 욕심이 많다.

일기예보가 내일도 비라고 하는데 이 비가 지나면 봄은 저만치 가고 있을 것이 분명하다. 뒷모습인지도 모르고 넋놓고 있다가 어느새 마주한 여름 앞에서 봄은 짧아, 하며 탄

식한다. 봄은 생각보다 짧지는 않을 터인데 겨울에게 여름에게 정신을 쏟다 보니 정작 봄이 왔다 가는 것을 잊고 산다.

떨어져 날리는 꽃잎에서 향이 난다. 꽃잎은 시들기 직전에 가장 향기롭다. 절정에 이른 시기, 꽃이 바람과 함께 빗방울 속을 날고 있다.

《張愛玲典藏全

이해한다는 말은 수상해

이해한다는 말을 자주 쓴다. 그 말이 주는 신뢰감을 나는 선호한다. 그래서 이해라는 말에 일부러 힘을 주면서 말한다. 그런데 너무 많은 이해를 남발한 지금, 그 모든 이해를 정말 이해했는지 의심스럽다. 타인의 삶을 온전하게 이해한다는 것은 언제나 불가능하다. 어쩌면 이해한다는 말은 그 말로써 사기를 치며 달아나고 있는 것일지도. 가끔은 내가 만들어놓은 어떤 기준 때문에 이해를 요하는 정황과 마주칠 때가 있다. 내가 정해놓은 기준 또한 삶에서 만난 숱한 이해를 통해 얻어진 결과물일 텐데 여전히 머뭇거린다.

나를 이해한다는 친구의 말에 밑도 끝도 없이 의심이 가던 때가 있었다. 그 자체만으로도 이미 억지였고 투정이었다. 그럼에도 불구하고 가끔은 이해의 밑바닥을 핥아보고 싶다. 내 말 이해해? 당연히 이해하지. 감정이 식상해져 간다. 감정이 더 이상 감정 노릇을 하지 않을 때 사물처럼 죽어갈 때 튀어나오는 말이었다. 당연히 이해한다는 말. 어떻게 '당연히'라는 부사가 '이해하다'는 동사 앞에 붙을 생각을 했을까.

사실 이해되지 않는 일들이 하루에도 몇 번씩 내 앞을 막아서곤 한다. 원리나 이유를 따지고 들자면 한없을 일들이 이해라는 말 앞에서 잘 포장되어 묶여 나간다. 그렇게 지나간 일들은 온전하게 이해되어야 하는데 가끔씩 툭 튀어나오는 물음 앞에서 그 숱한 이해가 다시 물구나무를 선다. 충분히 이해하지 못한 말, 이해의 수면 위에 떠오르지는 못했던 일들이 생각해 보면 너무 많았다. 그런데도 이해의 남발로 모든 사건 사고가 이해되었다는 과거형으로 묶이고 지금 나는 새로운 이해 앞에서 대기 중이다.

금발 머리에 늘씬한 미녀가 샤워 커튼을 활짝 연 채로 제모에 힘쓰고 있었다. 헬스클럽 샤워장에서 그녀는 단연 돋보였다. 동양인 마을에 사는 서양인은 언제나 시선이 집중될 수밖에 없었다. 제모 하는 행위가 아름다울 수도 있겠지만 조금은 기괴한 그녀의 자세 때문에 자꾸 시선이 쏠렸다. 사실 그녀가 나에게 혹은 그곳에 있는 다른 사람들에게 피해를 준 것은 아니었다. 그럼에도 불구하고 집으로 돌아오는 길에 이해가 안 돼, 라고 습관처럼 중얼거렸다. 그녀는 나에게 이해를 구해야 하는 일을 했던 것일까. 나 또한 그녀의 행동을 애써 이해해야 하는 것일까. 일반적인 상식이라는 게 이럴 때 필요하겠지만 여하튼 그녀의 행동은 또 다른 이해를 불러왔다. 그녀는 자신 이외의 사람들을 인지하지

않았던 것일까. 아니면 문화 차이일까. 오히려 제모 하지 않는 여자들을 이해할 수 없다고 그녀는 고개를 내저을지도 모른다. 얼마만큼의 이해가 필요한 걸까.

상해는 유난히 외국인이 많다. 큰 도시니 외지인이 많은 것은 당연한 것이고 외국인이 많은 것은 이해할 수 있는 상황이 많아서일까. 내가 그녀를 이해할 수 없다고 했을 때 어쩌면 내 마음 속에서 이미 서양인이라는 편견이 자리 잡고 있었기 때문일 것이다.

다양한 상황을 접할 기회가 적었던 탓에 늘 이해할 수 없는 일들 앞에 봉착하게 된다. 이해한다는 말이 어쩐지 수상하다. 진심으로 나를 이해한다는 말. 그녀를 혹은 그를 받아들일 수 있을까.

사치스러운 일

나를 위한 사치라고 적는다. 과연 내게 사치스러운 일이란 무엇일까. 게다가 그 사치가 나를 위한 것이라니, 모순도 이만저만이 아니다. 사치스럽다는 말에 의미는 이미 제 분수를 넘어섰다는 것을 포함하고 있다. 분수에 맞게 살아야 한다는 엄마의 말과 달리 욕망은 언제나 분수를 모른다. 아니 분수를 넘어서 시작되는 것이 욕망이다.

생활은 점점 더 단순해지고 있다. 일주일에 세 번 청소하기로 스스로 정한 다음부터 일주일은 세 번을 중심으로 움직인다. 날마다 일기 쓰기, 중국어 단어 외우기, 하루에 한 시간 이상 중국 텔레비전 보기, 한 달에 중국 소설 책 한 권 읽기 등등 단락을 정하듯 계획표를 세우고 나면 시간은 그 계획 아래에서만 진행되고 있다. 이렇게 하루가 지나고 삼일이 지나고 일주일, 한 달을 채워 나가는 것이다.

이미 정해진 시간, 하루, 한 달, 일 년, 생각해 보면 그 단순함 속에서 나는 스스로에게 사치스러운 일을 만들어주려고 애쓴다. 그런데 분수를 넘어서는 일을 섣불리 할 수 없다는 생각에, 어쩌면 나는 사치스러운 일에 대해 처음부터 마음을 닫고 사는 게 아닌가 싶다. 내 분수보다 과한 것, 바꾸어 말해 자신을 위해 할 수 있는 일들을 찾다 보면 이미 사치나 분수는 죽은 말이 된다. 비싼 음식을 먹을 때 혹은 좋은 옷을 입을 때에도 나를 위한 선물이라거나 나를 위한 일이라는 생각을 하면 이미 사치는 없다.

상해에 와서 내가 제일 먼저 알아 본 일은 운동을 할 수 있는 곳이었다. 가능하면 시설이 좋은 헬스클럽을 찾으려 했고 집에서 가까운 거리에 있는 곳을 원했다. 이런 내 모습을 보고 언니는 사치스럽다 했다. 이미 내 분수를 넘어선 일이라고 언니는 판단한 것이리라, 어디서건 돈을 쓴다는 것은 경제 활동을 한다는 전제를 두고 행해지는 일이라면 상해에 빌을 틀인 그 순간부터 나는 경제 활동에서 멀어졌다. 무언가를 해야겠다는 생각보다는 주어진 환경에 나를 맞추려 애썼다. 스스로 책임지기보다는 책임져줄 수 있는 사람을 찾기 바빴다. 이렇게 적고 보니 지금 내가 정말로 사치스러운 일을 했구나 하는 생각이 든다.

스스로 자립하려는 의지도 없고 제 자신을 돌보려고 하지 않은 채 다른 삶에 우선 기대려고 했으니 이미 사치스러운 삶을 살고 있었다. 이 또한 나를 위한 사치일까 생각해 본다. 그런데 나를 위한 것은 아닌 듯싶다. 이런 삶이 영원하다는 전제가 빠져 있기에 나를 위한 일이라기보다는 나를 해하는 일이라는 생각이 든다.

주어진 하루, 같은 시간이라는 게 역설적이게도 평안을 가져다준다. 그 시간 안에서 얼마나 많은 것들을 만들어내느냐에 따라 삶의 질이 달라진다고 한다면 나는 조금 더 많이 생각하고 많이 보아야 할 것이다. 만족이라는 말. 평생을 8평 근로자 사택에서 살았던 늙은 공런(工人: 노동자)은 최근 20평대 새 아파트로 입주를 하였다. 20평대, 그는 자신의 삶에 만족한다고 하였다. 날마다 너무 행복하다는 그의 표정에 살짝 당혹스러웠다. 행복은 언제나 상대적이다. 누구에게도 같은 잣대를 들이댈 수 없다는 행복 앞에서 사치스러운 일을 생각한다. 자립을 모르고 사는 사람, 그거야말로 진정한 사치이다.

물고기와 노란 부리 새

비가 잠깐 그친 시간이었다. 바닥이 젖은 길에는 작은 웅덩이가 여러 개 보였다. 고요하고 평화로운 연못 옆 잔디밭에는 손바닥만 한 조기가 누워 있었다. 누군가 창틀에 매달아놓고 말렸음직한 조기였다. 푸른 잔디밭을 가로지르듯 누워 있는 조기에 시선이 꽂혀 잠깐 서 있었다. 저 조기를 놓고 간 사람은 누구일까. 바람이 던져놓고 가기에는 자리가 미평시 않았다. 창문과의 거리가 너무 멀었고 던져진 것이라고 해도 지나치게 반듯하였다. 길고양이가 훔쳐 달아나다 놓친 것이라고 하기에는 뜯긴 자국이 없었고 필시 누군가 저 자리에 일부러 놓은 것이었다.

생각이 더 이상 앞으로 나아가지 못한 채 머뭇거릴 때 반듯하게 누워 있는 조기 머리 쪽으로 노란 부리의 검은 새가 깡충대며 다가왔다. 먹이를 보고 온 줄 알았는데 온 정신을 집중하며 흙을 파헤친다. 숨죽이고 서서 새의 움직임을 가만히 지켜본다. 노란 부리의 새는 조기에 관심이 없어 보였다. 쉽게 구할 수 있는 먹이가 지척에 있는데도 불구하고 부리를 바닥에 대며 먹이를 찾는다. 조기를 처음 보아서 모르는 것일까. 제 몸집과 비슷한 크기라서 못 알아보는 것일까, 다시 비는 내리고 우산을 받쳐 든 채로 나는 그 자리에 서 있었다. 그러다 문득 드는 엉뚱한 생각, 어쩌면 저 노란 부리 새는 채식주의인지도 모르겠다. 그리하여 본능과 상반되는 행동을 통해 다른 노란 부리 새들에게 새로움을 일깨워 주려 하는 것이었다. 새로움이란 말과 물고기를 지척에 두고서도 흔들림 없는 새의 동작과 무척 잘 어울린다는 생각이 들었다.

새로움을 찾으려 애쓰며 산다. 모르는 사람들이 살고 있는 동네, 모르는 말들이 통용되는 동네, 모르는 것들은 새로움이었다. 이런 마음으로 새로움을 찾아 나서다 보면 금방 사라지는 게 또한 새로움이었다. 더 이상 새로움이 없다 느껴지는 순간, 생기를 잃은 사물들을 뒤로하고 다시 새로움을 찾아야 했다. 죽은 물고기를 지척에 둔 채 먹이를 찾아 움직이는 노란 부리 새의 모습은 그 자체로 새로움이었다. 빗줄기가 좀 더 굵어지면 새는 날아갈 것이다. 모르는 하늘을 찾아 떠날지도 모를 노란 부리의 저 새는 오늘 새로움으로 남는다. 사실 모든 질문의 해답은 자기 안에 있다 하니 새로움을 깨닫는 이 마음이야말로 진정한 새로움이 아닐까.

새는 여전히 조기를 거들떠보지 않는다. 젖은 땅에서 풍기는 내음을 좋아하는 것은 비단 먹이를 찾아 움직이는 작은 새뿐만이 아니다. 살아서 움직이는 모든 생명들은 그 내음에 익숙해져 있다. 익숙해지면 사라지는 새로움 앞에서 본능마저 밀어내는 힘. 새는 더 이상 물고기를 먹지 않는다. 연못 속에 작은 금붕어가 떼를 지어 다니고 있어도 고양이도 새도 그저 바라만 본다. 물속에 비친 그림자를 보듯 그렇게 사람들이 변하듯 저 새도 고양이도 점점 변하고 있다. 어느 날 연못 속에 고개를 박고 물고기를 잡는 고양이를 만난다면 고양이에게도 그 모습을 구경하는 운 좋은 사람에게도 필시 새로운 사건으로 두고두고 회자될 것이다.

새우

아무리 찬찬히 들여다보아도 내 눈에는 같은 새우였다. 오른쪽과 왼쪽에 담긴 새우들, 큰 물통에서 살아있음을 맘껏 뽐내는 새우는 제철을 맞이하여 사람들의 이목을 끌고 있었다. 사람들이 제법 긴 줄을 서 있길래 가게 앞에서 멈춰서 구경하듯 새우를 보았다. 살아 있다. 붉은 고무통 밖으로 뛰어나오는 새우는 오른쪽에서 왼쪽으로 옮겨진다. 사실 오른쪽과 왼쪽 새우의 크기가 다르다고 라오반은 말을 하고 있지만 아무리 들여다보아도 크기를 가늠하기가 어려웠다.

라오반을 잡고 길게 물어보고 싶었지만 뒤에서 재촉하는 아저씨 때문에 좀 더 크다는 오른쪽 새우를 20위엔어치 샀다. 비닐봉지에 담긴 새우가 기운차게 파닥댄다. 울퉁불퉁 비닐봉지가 따라 움직이고 있었다. 어림잡아 20마리, 모두 다 살아 있다. 이렇게 팔팔한 새우를 어떻게 해 먹을까를 생각하며 집으로 오는 동안에도 새우는 지칠 줄 모르는 듯 움직인다. 싱싱한 새우인데다 제철이니 소금구이가 제격일 듯했다. 바람이 제법 서늘하니 따뜻한 된장국도 생각이 났다.

개수대에 새우를 풀어놓으니 팔팔한 새우가 튀어오른다. 이제는 오른쪽 왼쪽 구분이 없어서 새우가 뛰어다녀도 상관없는데 살아 있는 새우를 냉동실에 통째로 얼리려 하니 뭔가 찜찜하다. 프라이팬을 꺼내 소금을 바닥에 깔고 몇 마리 얹어 그대로 굽는다. 아, 이건 더 잔인해, 가스 불을 키우고 프라이팬 뚜껑을 닫고 부엌에서 나온다. 통통 튀는 소리는 새우가 움직이는 소리가 아니라 소금이 튀는 소리일 거야, 애써 딴일을 찾고 있었지만 신경은 온통 움직이는 새우에게로 쏠려 있었다. 어느 순간 소리는 잦아들겠지. 소금이 튀는 것도 곧 줄어들 거야.

사실 나는 새우를 무척 좋아한다. 싱싱한 해산물을 사 먹는 것도 좋아하는데 막상 살아 있는 새우를 보면서 먹으려니 마음이 편치 않나. 밖에서 먹는 회나 새우는 직접 손질을 하지 않기에 살아 있었음을 먹는 동안 잊는다. 그런데 오늘처럼 처음부터 살아 있음을 보고 봉지에 담아 오는 내내 움직임을 느끼는 날이 그리 많지 않았던 탓에 손끝에 남은 여운이 쉽게 사라지지 않는다.

눈이 죄였을까. 새우의 까맣고 동그란 눈동자는 얼굴 밖으로 드러나 있다. 프라이팬 위에서 붉은 색으로 변한 채 구워져 있을 때에도 동그란 눈동자는 변함이 없다. 그래서 머리를 먼저 떼고 새우를 먹었던 걸까. 반은 냉동실로 들어가고 반은 잘 달궈진 프라이팬 소금 위에 놓여졌다. 굳이 잔인함을 따져 보는 일이 무의미하지만 둘 중 어느 장소도 살아 있는 새우에게는 편안하지 않을 것이다.

고무통 안에는 기포기가 꽂혀 있었다. 소비자는 언제나 최상의 상품을 원한다. 팔리면 바로 음식으로 변하지만 팔리기 직전까지는 살아 있는 싱싱한 새우여야 한다. 오래전 동네 횟집 수족관을 빙빙 돌던 새우를 본 기억이 떠올랐다. 살아서 움직이는 새우는, 원통형 수족관을 달리고 있었는데 마치 전쟁터를 향하는 용맹한 말처럼 다리를 움직이고 있었다. 살아 움직이는 새우를 처음 본 날이었다. 한참을 수족관 앞에 쪼그리고 앉아 있으니 고분 벽화에서 보았던 달리는 말 그림이 새우를 따라다닌다. 살아서 움직이는 게 참으로 아름다웠다.

고맙게도 새우는 쉽게 손질할 수 있었고 냉동실로 들어간 놈도 몇 번 파닥대다 잠잠하다. 붉은 색 살을 발라먹을 때, 살아 있는 새우에 대한 기억을 얼른 지운다. 추석이 코앞으로 다가왔다. 여느 해보다 빠른 추석 탓에 새우가 좀 더 일찍 나와 시장을 달리고 있다. 덩달아 나온 가을, 바람에서 바다 내음이 난다.

청소기 속 먼지 봉투를 바꾸니

오래된 청소기다. 집주인이 쓰다 남겨준 청소기, 우리가 이사 온 지 3년이 되었으니 청소기는 최소한 그 이상은 넘었다. 이 아파트가 지어진 지 10년이 넘었고 집주인은 이곳에서 계속 살았으니 10년을 넘었을지도 모른다. 그래도 이름 있는 전자회사에서 만들었다 하니 이름도 없는 싸구려 청소기보다는 나을 거 같아서 쓰기로 했다.

낡아서 그런지 소리는 요란한데 흡입력은 신통치 않았다. 청소기를 켜놓으면 주변의 소리는 전혀 들리지 않는다. 바닥을 문지르는 마찰소리와 청소기 모터 돌아가는 소리. 한밤중에 청소기를 쓰면 분명 이웃에게서 항의가 들어올 것이다. 마루 한 바퀴를 막 돌고 안방으로 직진하려는 순간 청소기가 멈췄다. 고장인가. 청소기 몸체가 뜨겁다. 너무 오래 돌렸나 싶어 시계를 보니 겨우 5분 남짓이었다.

합선이 된 건가. 기계에 대해 문외한인지라 고장과 비슷한 상황을 마주하면 그냥 멈춘다. 플러그를 뽑고 잠시 열을 식혀야겠다는 생각에 청소기 몸체를 열었다. 청소기 호스도 뽑아 분리하고 안쪽을 들여다보니 먼지 봉투가 넘쳐 있었다. 옆으로 새어 나온 먼지 덩어리가 꽤 많은 걸 보니 먼지 봉투는 오래 전에 용량을 초과한 채였다. 어쩐지, 하는 마음으로 먼지 봉투를 들어내니 확실히 무겁다. 새로운 봉투로 교체하기 전에 다시 한 번 청소기 내부를 들여다보았다. 지나치게 간단한 구조였다. 먼지 봉투는 심장처럼 크게 자리를 차지하고 있어 텅 빈 자리는 휑하기까지 하였다.

새 봉투로 교체하고 처음처럼 모든 걸 제자리로 돌려놓고 스위치를 누르니 방금 전과는 다른 청소기가 되었다. 흡입력이 어찌나 좋던지 이불보며 수챗구멍 뚜껑까지 빨아들이는 힘에 살짝 당황하였다. 겨우 먼지 봉투 하나 바꿨을 뿐인데 새 청소기처럼 집안 먼지들을 죄다 뽑아내고 있었다.

꽉 찬 기억을 새롭게 채우려면 힘이 필요하다. 누군가 내 기억의 봉투를 새것으로 바꾸어준다면 지금까지와 다른 힘으로 나날을 빨아들이겠지, 지금껏 살아왔던 방식과는 전혀 다르게 생각하고 행동할 수 있다면 그것이야말로 새로운 삶일 것이다.

먼지 봉투를 비우고 나니 청소기가 날렵하게 돌아간다. 날마다 쌓이는 먼지와 나를 따라 움직이던 먼지들이 흡입력이 강한 청소기 속으로 차곡차곡 쌓이고 있다. 먼지들이 몸을 돌리며 방향을 바꾸려 해도 청소기가 먼저 그들을 잡아당긴다. 깊숙한 곳에 있어야 할 것들, 멀리서도 알아보고 불러들인다.

　내 기억의 봉투를 죄다 끄집어내어 빈 봉투로 바꿔준다면 어떤 날에는 참 행복하다 할 것이다. 기억이라는 게 가벼운 것만 있는 것이 아니라서 쌓이고 쌓이면 감당할 수 없을 만큼 무거울 때가 있다. 지금과는 다른 방식으로 생각하고 말을 하고 글을 쓸 수 있다면 당장이라도 기억의 무게를 내어주고 싶다. 기억의 리셋, 교체용 먼지 봉투처럼 바꿀 수 없지만 꽉 채운 기억 대신 오늘만 적어두려는 마음, 지금은 그것만으로도 충분하다.

소년과 거짓말

엘리베이터 앞에서 만난 소년. 초등학교 1, 2학년 정도로 보였다. 통통한 볼이 발그레한 걸 보니 엘리베이터를 타려고 뛰어온 듯싶었다. 31층에서 내려오는 엘리베이터 앞에 소년 이외에도 장바구니를 든 할머니와 젊은 남자가 있었다. 소년과 할머니는 아는 사이 같았다. 사실 처음에는 할머니와 손자인 줄 알았다. 하교 때 우연히 할머니를 만난 소년은 멀리서부터 뛰어 왔고 그래서 볼이 발그레하다고. 주머니를 불룩하게 만든 종이 딱지를 살짝 보여주면서 친구가 준 거라 자랑하는 소년과 맞장구를 치며 운이 좋은 날이라며 소년을 치켜세우는 할머니.

엘리베이터가 1층에 도착했고 기다리던 사람들이 모두 올라탄 다음 각자의 층수를 눌렀다. 각기 다른 네 개의 숫자에 불이 들어왔다. 소년과 할머니는 모르는 사이였다. 소년은 29층에 살고 할머니는 7층에 산다. 할머니가 소년에게 다정하게 가방이 무겁지 않냐고 물었다. 주머니 속 딱지를 만지작거리며 괜찮다고 말하는 얼굴은 조금 전에 은근하게 자랑하던 소년의 얼굴이 아니었다. 상기 된 볼은 이미 사라지고 무덤덤한 표정만 남아 있었다.

　소년은 첫 번째 거짓말이 들통나지 않은 것에 이미 안도하고 있었다. 실은 친구에게서 받았다는 딱지는 선물이 아니었다. 갖고 싶었던 딱지를 친구 몰래 그냥 들고 나온 것이었다. 주머니에 넣고 학교에서부터 집까지 쉬지도 않고 뛰어 왔다. 그러다 엘리베이터 앞에서 만난 할머니에게 그 사실을 먼저 털어놓는다. 자신의 행동이 잘못이라는 걸 알기에 믿을 만한 어른에게 고하면 죄가 사라질 거라 생각했다. 게다가 할머니가 전하는 운이 좋구나, 그 말에 소년의 거짓말은 이미 종료되었다. 조금 전까지 혹시나 들킬까봐 조마조마 했던 그 마음을 할머니에게 이미 넘겨주었으니 소년은 홀가분한 마음으로 29층 집으로 오를 수 있다.

　주머니를 불룩하게 만들어준 종이 딱지에 대해 할머니가 묻기 전에, 제 스스로 만든 거짓말에 만족한 소년은 지금 이 순간이 지속되리라 믿을 것이다. 곧 전화벨이 울릴 것이고 딱지를 잃어버린 친구의 울먹이는 목소리와 엄마의 다그쳐 묻는 질문을 소년은 상상하지 않을 것이다. 그 작은 입에서 조심조심 새어 나온 말. 혹시나 누군가 먼저 알아챌까 봐 미리 선수 치듯 이야기하는 몸짓. 소년에게 딱지를 갖는 일은 중요했을 것이다. 어쩌면 7층 할머니도 소년의 거짓말을 눈치챘을지도 모른다. 유도 심문하듯 소년에게 이것저것 캐묻다 7층에 다다랐는지도 모르고 엘리베이터 문을 열어놓은 채 할머니는 묻고 또 물었다.

미리 고백하는 소년의 마음은 여전히 맑다. 친구의 딱지를 몰래 가져오긴 했지만 분명 내일이면 제자리에 두고 올 것이다. 오늘 하루만 온전하게 제 것으로 가지고 놀고 싶은 딱지여서 모르는 할머니에게 제일 먼저 고백하고 면죄부를 받듯 원하는 대답을 듣는다. 그 작은 머리로 만들어낸 거짓말에 사실 어른들은 관심이 없었다.

거짓말은 언제나 심장이 두근거리는 일이다. 어린 날 내 최초의 기억을 더듬어가면서 그날의 거짓말을 떠올려 본다. 곧 들통날 거짓말이라는 사실을 스스로 깨닫기까지 소년에게는 시간이 좀 더 필요하리라.

멀리서 봐야 잘 보이는 것

8층 우리 집 베란다에서 내려다보면 가로수들이 잘 보인다. 지나다니는 길에 서 있는 나무들, 그 나무들이 어떤 자세를 지니고 있었는지 모르고 살다가 창문을 닫으려 할 때 높이 올라선 자리에서 마주한 나뭇가지들. 우뚝 서 있다고만 생각했었는데 사실은 훨씬 다양한 자세를 지니고 있었다.

플라타너스는 인세부터인가 흔한 가로수였다. 서울에서도 상해에서도 가로수는 대개 플라타너스였다. 그 넓은 잎들이 자라기 전에 가지치기를 하는 사람들. 작년에도 했었는데 올해도 어김없이 작업은 시작되었다.

봄이 번지기 전에 미리 준비하는 나무의 마음. 주황색 옷을 입은 사람들이 과일처럼 매달려 있는 풍경. 그들은 대충 나뭇가지를 자르는 게 아니었다. 어떤 약속처럼 혹은 규격이 있는 것처럼 잘린 나뭇가지와 나무는 비슷한 자세를 취하고 있었다. 키 큰 나무 아래를 지날 때면 몸통과 눈높이를 맞추는 탓에 나뭇가지를 끝까지 바라볼 일은 드물었다. 베란다에서 내려다보니 나무들이 제각기 다른 모습을 하고 있었다. 아직은 어린 순밖에 없는 나무들이 어떤 모습으로 잎이 날지 가지가 자랄지 확신할 수 없다. 가지가 잘린 나무들은 멀리서 봐야 연둣빛이 선명하게 보인다.

봄은 가까이에서는 잘 모르는 시간임에 틀림없다. 일교차가 워낙 심한 탓에 겨울 외투를 벗고 지내기에는 쌀쌀한 아침, 그 아침 속으로 나가는 사람들은 봄을 쉽사리 느끼지 못한다. 해 지면 다시 추운 봄밤, 꽃은 피었지만 찬바람에 옷깃을 여민 채 다니기에 꽃나무 아래를 지날 때에도 꽃을 보는 일은 드물다. 걸을 때에도 멈춰 서 있을 때에도 점점 나무에게서 꽃에게서 멀어진 사람들, 신호등 앞에 서 있으면 대개 핸드폰 화면에 시선이 고정되어 있다. 가끔 화사한 꽃망울에 멈춰 서서 사진을 찍는 사람 또한 화사함만을 저장하고 누군가에게 전송한다. 눈 돌리면 핸드폰 사진에서 만난 봄보다 훨씬 선명한, 활기찬 봄을 볼 수 있는데 전자 화면을 통해서 인지한 봄을 더 좋아하는 사람들.

당연하다고 생각했던 봄인데, 올해는 유난히 날씨가 변덕을 부리는 탓에 꽃은 이미 피고 져 가는데 날씨는 여전히 겨울이다. 다만 어린아이들의 걸음걸이가 겨울과는 달라졌다. 아장아장 혹은 뒤뚱뒤뚱 걷던 아기가 봄바람 속에서 발을 구르며 뛰고 있다. 아이를 데리고 산책 나온 할머니는 모르고 먼발치에서 바라보는 나는 안다. 아기의 걸음이 달라져 있다는 것을. 걷던 아이는 곧 달음질할 것이고 달음질하던 아이는 계단을 뛰어오를 것이다.

멀리서 봐야 더 잘 보이는 것. 좀 전까지 나를 흥분시켰던 그 연둣빛 일렁임은 사라지고 꽃잎처럼 작고 어여쁜 잎새가 살포시 돋아나 있다. 나무 밑을 지나는 저녁 가로등 아래 그림자마저 다른 모습을 하고 있었다. 가로등 키가 나무의 가지 쪽을 비추고 있으니 그림자 또한 나뭇가지였을 텐데, 한참을 서서 어느 나무일까를 따져보듯 그렇게 머물러 있었다. 미지의 세계를 발견한 듯 터져 나오는 탄식. 마음 또한 가로등과 나무처럼 가까이에서 보기보다는 한 발 물러서서 바라보면 오히려 잘 보일 때가 있을 것이다. 마음이 핸드폰 화면에 눈을 팔지 않아도 보이지 않을 때, 높이 올라서거나 혹은 물러서서 본다. 나무가 알려준 방법이다.

타이밍

날마다 기온은 20도를 향하고 있지만 바람이 머문 자리는 찬 기운이 남아 있어서 가볍게 목덜미를 감싼다. 그런데도 꽃봉오리는 점점 커지고 있다. 사실 겨울에도 영하의 날씨를 쉽게 접할 수 없는 상해에서는 매서운 추위란 처음부터 없었다. 그래서 사철 내내 나뭇가지는 푸르다. 낙엽송이 아니라면 대개의 나무들은 진녹색의 푸르름을 간직하고 있었다. 그런데 봄이 오니 그 나무들에게서 변화가 일어나고 있다. 진녹색 잎들은 가장 낮은 자리, 나무 둥치 가까운 자리로 옮겨 가고 있었다. 누가 일부러 갖다 얹어놓은 연둣빛 작은 잎들이 옹기종기 붙어 앉아 있었다. 어제 잎보다 오늘 잎이 조금 더 노란 빛을 띠는 연둣빛이었다.

아침에 보니 공원을 에워싸고 있는 벚나무들 중 한 나무가 먼저 꽃봉오리를 터뜨렸다. 곁에 서 있는 나무들도 꽃 필 준비 중이었다. 출발 신호보다 먼저 앞으로 뛰어나가는 마라토너들. 사람이 하는 일이라면 경기는 다시 진행되고 모두 한꺼번에 신호를 기다렸다가 움직였을 테지만, 꽃의 시간은 세분화 되었기에 그 깊이를 알 수가 없었다. 게다가 때를 맞춰 지는 동백꽃, 꽃봉오리가 통째로 떨어져서 손바닥에 올려놓고 창 앞에 한참을 서 있었다. 오고 가는 시간을 어쩌면 저리도 정확하게 맞출 수 있었을까, 손바닥에 놓인 묵직한 무게에 아직 동백이 지기에는 이르다는 생각마저 들었다. 그래서 동백나무 아래 떨어진 꽃송이를 살며시 얹어 두었다.

때를 안다는 것, 삶에서 타이밍이란 큰 무게를 차지한다. 머리로는 누구나 아는 그때, 스스로 타이밍을 맞춘다는 것은 불가능한 일에 가깝다. 삶의 중요한 일들은 언제나 타이밍이 좌지우지한다. 후회하는 일들은 언제나 때를 잘못 맞췄기 때문이었다. 생각해 보면 그때 왜 그런 일을 했을까, 그런 말을 했지, 역시나 때를 제대로 알지 못했기에 미련으로 남는다.

아침에 떨어진 동백꽃은 맞은편 벚나무가 꽃을 피울 걸 알았나 보다. 제가 사라진 그 자리에 봄의 여왕인 벚꽃이 들어올 것을 미리 안다는 것, 그리하여 미련 없이 떨어진다는 것은 생각보다 근사했다. 벚꽃은 흰 꽃도 연분홍 꽃잎도 아닌 화사한 꽃이다. 작은 꽃망울이 한꺼번에 터지면 진한 향기 없이도 천지는 봄의 전율 속으로 빨려든다. 작은 풀들도 꽃들도 따라서 잎을 돋우며 터진다. 봄의 눈, 어둠 속에서 보았던 여우의 찢어진 눈처럼 겨울을 노려보고 있다가 어느 틈에 벌어져 나와 봄을 만든다. 연둣빛 잎사귀도 화사한 꽃봉오리도 그때를 알고 맞춰 나오는 것이다. 누가 먼저랄 것도 없이 우르르 쏟아져나오는 것 같지만 사실은 모두 제 때를 맞춰 꽃을 피우고 있었다. 순간 넋놓고 있다 보면 어느새 여름이 왔다고, 그 많던 꽃들은 언제 피었다 졌을까 하고 또 한 번 타이밍을 놓쳤음을 아쉬워할 것이다.

늘 오는 봄이라고 함부로 지나치지 말기를. 때를 알고 오는 봄이라서 어제와 오늘이 오늘과 내일이 다르다. 그것 또한 때를 알고 기다리는 사람에게만 보여준다. 봄의 눈을 알아보는 때, 그때가 오늘 하루의 귀한 타이밍이다. 그냥 지나치면 분명 이 봄의 끝자락에서 홀로 탄식할지도 모를.

꾸춘 꽁위엔에 갈까

벚꽃이 핀다. 양지쪽은 이미 만개했고 서서히 벚꽃이 진 군해 오고 있다. 벚꽃은 봄의 여왕이다. 화사한 눈부심을 흰 꽃잎이 가득 채우고 있어 가던 걸음을 멈추고 누구라도 사진을 찍어댄다. 벚꽃이 핀 어느 봄날, 이렇게 시작하는 사진과 이야기는 참 흔하다. 봄이면 으레 피는 꽃이고 으레 만나는 장면인데도 불구하고 그 앞에서는 일단 멈춘다.

어제 일기예보에서 벚꽃 절정 시기를 알려주었다. 볕 아래 발을 내밀면 맨발이라도 좋은데 볕을 비껴서면 여전히 두꺼운 옷을 찾기는 하지만 꽃 소식은 언제나 먼저 온다. 벚꽃만 모여 있는 공원이 상해에도 있다. 꾸춘 꽁위엔, 우리 집에서 자동차로 약 한 시간 정도의 거리인데 매년 벚꽃이 피는 때에는 말 그래도 인산인해를 이룬다 한다. 다행이라고 해야 할까. 공원에서 입장료를 받는다고 하니 무료입장보다는 조금은 한산할 것이다. 아직 가보지 않은 꾸춘 꽁위엔이 궁금한 나는 어제 만난 리 제제에게 물었더니, 천지가 벚꽃인데 굳이 한 시간이나 걸리는 먼 거리를 찾아갈 이유

가 없지 않냐는 것이었다. 듣고 보니 리 제제의 말도 일리가
있었다.

우리 아파트 연못 주변에도 열 그루 정도의 벚나무가 서
있다. 연못을 에워싸고 있는 벚나무들, 아직은 아파트 건물
에 가려 개화 준비 중이지만 생각해 보면 작년에도 꽃이 핀
그곳은 낮에도 밤에도 참 아름다웠다. 장관이라는 말에는
살짝 부족했지만 걸음을 멈추고 구경하기에는 충분했다. 벚
나무 사이사이에 놓여 있는 벤치에 앉아 꽃을 구경하는 사
람들. 낮에는 노부부나 갓난아이를 데리고 나온 여인들이
대부분이었지만 밤이면 그곳에 젊은 연인들이 앉아 있었다.

벚꽃이 만개한 나무 아래서 완연한 봄을 정답게 나누는 그들. 사람들 얼굴에 벚꽃이 내려앉는다. 낮에 만들어놓은 꽃그늘이 밤에는 꽃등으로 주위를 환하게 밝힌다. 가끔 부는 봄바람에 꽃잎이 하나둘 날리면 꽃바람에 앉아 있던 사람들이 일어서서 황홀한 표정을 짓는다. 역시나 봄은 노란빛도 핑크빛도 아닌 벚꽃의 화사한 빛깔이 제격이다.

연둣빛 잎들이 주위를 꽉 채우고 초록이 점점 넓어지는 찰나에 만개한 벚꽃을 본다는 것은 우주의 치밀함, 그 극치이다. 멀리 꽃구경을 갈 필요가 없다고 말하는 사람들의 심리가 바로 이런 것일 테지. 한 나무 걸러 핀 꽃나무들, 벚꽃이며 목련이며 계수나무며 이름 모를 꽃나무들이 길가를 촘촘하게 메우고 있었다. 일부러 만든 녹지공원에는 언제나 꽃나무가 우선 순위였다. 도시 미관을 생각해서 심었겠지만 상해의 기후는 일 년 내내 꽃을 볼 수 있어 꽃나무는 단순한 꽃나무가 아닌 게 된다.

바람에 볕 냄새가 난다. 따뜻한 냄새, 살짝 나른한 냄새, 오래전에 맡았던 익숙한 냄새 그 사이로 벚꽃 잎이 날린다. 사람들의 환호가 가깝게 들리다 점점이 멀어진다. 꽃구경 가자는 말에 절로 고개를 끄덕이게 하는 풍경, 눈빛이 가 닿는 자리마다 흰 꽃송이가 소담하게 매달려 살짝 흔들리는 그 아래 있는 것만으로도 이미 실컷 꽃구경을 하게 된다. 매년 비슷한 시기에 어김없이 반복되는 그 풍경에도 여전히 설레는 한때, 벚꽃이 만개한 시기를 듣고 달력에 표시를 해 두었다.

꾸춘 꽁위엔에는 더 많은 벚꽃이 있다 하니 여의도 윤중로를 떠올리면서 벚꽃이 만개할 날을 손꼽아 기다린다. 볕이 좋은 오늘이 며칠만 더 지속되면, 어쩌면 기상청에서 예보한 날보다 조금은 서둘러 꽃이 필지도 모르겠다. 창문 아래 아직은 미동도 없이 서 있는 벚나무를 바라본다. 한꺼번에 터지는 꽃봉오리들, 지금은 고요히 제 속을 다스리고 있을 저 깊은 꽃 속. 돌아보는 곳마다 꾸춘 꽁위엔이다.

힐링 푸드

누구에게나 힘이 되는 음식이 있다. 대개는 엄마가 해주시는 집밥이겠지만 보통의 음식이 특별한 의미를 담을 때, 그리하여 어떤 날들이 그 음식으로 마음까지 채울 때, 힐링 푸드라 이름을 붙인다.

우리 부부가 상해에 거주한 지 만 3년이 지났다. 그 시간 동안 우리에게 힘이 된 음식은 중국의 다채로운 요리도 오랜만에 먹는 한국 음식도 아니었다. 오히려 한국에 있을 때조차도 그다지 선호하지 않았던 피자가 우리 부부에게는 힐링 음식이 되었다. 중국에서 먹는 피자는 우선 값이 비싸다. 터무니없을 정도로 비싸다는 생각과 함께 입맛을 사로잡을 만큼 매혹적이지 않은 탓에 그리 자주 찾지는 않는다. 그러다가 어떠한 일들이(대개 특별한 일들) 생기면 고민고민하다 결국 찾는 게 피자집이다. 3년 동안 우리는 세 번 피자집에 갔다. 우연하게도 세 번 다 다른 피자집을 간 것이지만 상황

은 언제나 일반적이지 않았다.

어제 우리 부부는 빗줄기를 뚫고 나가 한참을 헤매다 결국 새로 생긴 피자집 2층 창가 자리를 차지하고 앉았다. 점심때가 갓 지난 시간이라서 그런지 홀은 텅 비어 있었고 우리 부부를 제외한 두 테이블만이 자리를 차지하고 있었다. 거세지는 않았지만 간간히 뿌리는 빗줄기 사이로 사람들이 한가롭게 거니는 따닝 궈지 꽝창을 내려다보면서 우리는 냄새가 강하기로 소문난 두리안과 트러플 향이 첨가된 피자를 시켰다. 향기에 취해서였는지 우리 부부의 대화는 자연스럽게 현실을 벗어나고 있었다. 새로운 목적지를 찾아서 움직여야 할 때가 도래했는데 여전히 정해진 목적지는 없었고 그래도 묵묵히 앞을 향해야 한다는 자의식과 함께 먹는 피자는 포만감에서는 으뜸이었다.

우리는 서로의 삶을 등에 짊어진 채로 나란히 앉아 기름기로 충만한 피자를 먹고 있었다. 흔한 피클 한쪽 없는 피자다. 한국에서의 생활이 문득 그리워지는 순간이다. 기름진 음식을 선호하는 것도 아니고 치즈에 매료된 것도 아닌데 피자를 한입 가득 베어 물고 입안이 빵빵하게 채워지는 순간, 그 순간 느껴지는 편안함, 우리는 그것을 좋아한다. 그렇다고 매번 그런 순간을 찾아 피자를 입안 가득 넣고 싶지는 않았다.

피자집에서 나는 특유의 향, 치즈 굽는 냄새와 소스 들이 밀가루 도우와 어우러지는 찰나 뿜어내는 향, 어쩌면 그 향이 우리를 편안하게 만드는 것인지도 모르겠다. 여름 내내 습하고 무덥고 게다가 게릴라성 폭우가 자주 출몰하는 시간. 작년에도 그 전에도 이맘때쯤 우리는 언제나 이 시간을 지나가기 위해 무던히도 애를 썼다. 결국 다시 마주하게 되는 시작점 앞에서 과거의 시간들은 피자 속 다양한 재료들처럼 어우러져 일부러 찾지 않으면 보이지 않는 것들로 변하고 있다. 겉으로 보이는 것이 결코 전부는 아니지만 바쁜 세상에서는 겉모양이 언제나 먼저였다.

두리안이 들어가 있다는 피자에서는 고구마 맛이 났다. 송로 버섯은 향기로 매료시킨다 하던데 나를 매료시킨 것은 구운 치즈향이다. 손가락으로 집어내야 느껴지는 맛들, 그 속 어딘가에 나를 편안하게 해주는 맛이 분명 있을 것이라고 생각한다. 유목민들의 귀한 식량은 우유와 치즈다. 염소 젖으로 만든 치즈와 요구르트, 그들에게는 일상적이면서 힐링이 되는 음식이다. 그들과 다른 의미에서 유목을 하는 우리는 떠나야 한다는 그 불안한 마음이 닮았다. 어디로든지 자유롭게 갈 수 있다는 것은 그들과 우리 부부가 가진 최고의 가치였다. 자유에는 언제나 무거운 의무가 따른다 하니 그때 먹는 이 피자는 당연히 고마울 수밖에. 된장국이었다면 왈칵 눈물이 쏟아졌을지도 모른다. 그리움의 짜디짠 맛을 살짝 비껴간 우리의 여정을 돌봐주는 목이 메는 맛.

단계를 지나는 일

일에는 단계가 있다. 어떤 일을 하던 시작부터 완성이라는 말을 할 수는 없다. 이런 말 저런 말을 늘어놓으려 하는 이유는 언제나 내가 넘어야 할 단계는 다른 사람보다 많다고 느껴진다는 것이다. 한 단계를 넘으면 다음 단계에서는 조금은 편안해져야 하는 게 아닐까.

접시꽃이 피기 시작한 6월 초, 접시꽃의 붉음에 홀로 감탄하였다. 아주 천천히 꽃이 시드는 것 같았고 시드는 순간이 덜 추하게 보였다. 날마다 저 연약한 꽃잎은 어떤 모습으로 시들까를 상상하며 접시꽃을 바라보았다. 낮에 다시 보니 꽃은 어느새 다 시들고 꽃잎이 사라진 자리에 누렇게 씨앗이 자리 잡고 있었다. 꽃잎에서 씨앗으로 접시꽃도 한 단계를 지나고 있다. 그런데 여전히 꽃나무는 편안해 보이지 않는다. 단계를 지나면 당연히 그 전보다는 편안함을 지녀야 하는 게 이치가 아니던가.

단계를 지나가지 못한 사람들의 바람이 허상을 만든다. 단계에 서 있는 사람들은 결코 알 수 없다. 다음 단계라는 게 정말 있는지. 지금을 잘 견뎌내면 한 단계 성숙한다는 말에 왜 자꾸 기대려고 하는지. 실은 삶에서 단계라는 게 있을리 만무하다. 굳이 선을 그어 나누지 않아도 날마다 다른 상황들을 만나고 그 속에서 스스로 해결 방법을 모색한다. 기본적인 삶의 요건이 충족되었을 때 한 단계가 지나갔구나, 라고 말할 수 없는 이유도 분명해진다. 단계라는 것의 기준이 사람마다 다르고 삶마다 다르니 누구에게나 적용되는 보편적인 단계는 결코 존재할 수 없다는 것.

계단을 오를 때 확실한 목적지가 정해져 있다. 8층 우리집까지 한 계단 한 계단 오르는 일은 끝이 보이기 때문에 어렵지 않다. 확실한 단계가 정해진 일과는 처음부터 궤가 다른 삶에서의 단계라는 말이 실은 접시꽃의 날들과 닮았다. 꽃이 피버고 할 때부터 꽃봉오리를 만들고 꽃잎을 피우고 씨앗을 맺고 그리하여 한 생이 다할 때까지 어느 순간 맘 편안하게 지낼 날이 있었을까. 새싹에서 꽃봉오리까지 꽃봉오리에서 터져나온 꽃잎까지 순차적인 일련의 날들을 단계라고 말하는 것은 내가 접시꽃이 아니기 때문이다. 누군가의 삶에 단계를 지을 수 있는 것은 그들의 삶을 나는 살지 않고 있기 때문일 것이다. 날마다 이어져 있고 어느 순간을 끝맺음하고 다시 시작할 수 없다는 것을 안 순간부터 단계라는 말은 그저 듣기 좋은 말 중 하나였다. 그러므로 지금 내 삶에서 단계를 애써 찾으려 하는 이유도 반복되는 날들을 힘겹게 이어져 가고 있음을 인정하기 싫다는 의미에서이다.

　삶에는 단계가 있기에 그 순간을 잘 지나와야 한다고 성공한 사람들은 말한다. 그들의 삶을 동경하는 이유는 내가 그 단계를 여전히 살고 있기 때문이다. 지나가는 시간이라고 해서 모든 단계가 자동으로 넘어가는 것은 아니다. 자동적이기보다는 오히려 수동적으로 온 힘을 다해야 겨우 한 단계가 지나갈 수 있다. 부지불식간에 꽃이 지고 씨앗이 맺혔다고 말한다면 꽃에게 한없이 미안한 일이 될 것이다. 조용하게 흔들린다고 생각하기에는 그들은 날마다 격정적이었다. 숱한 소리에 가려졌을 뿐, 붉은 꽃잎에게서 휴식을 얻은 날에도 꽃이 사라진 자리에는 언제나 묵직한 씨앗이 있다. 저 묵직함을 담고 있었으니 파르르 날리는 듯하여도 실은 무겁고 힘들게 움직이고 있었을 것이다. 단계를 지나는 일은 계절을 보내는 일만큼이나 힘이 드는 것을, 그래서 넘어가고 싶은지도 모른다. 반복되는 단계 앞에서 한번쯤은 편안해지고 싶다. 꽃잎이 마르는 시간만큼이라도.

달이 뜨듯, 방범 카메라가 있다

혼자여서 조금은 쓸쓸하다는 생각을 하였다. 저녁이 막 시작되는 때는 언제나 쓸쓸함으로 시작된다. 집으로 돌아오는 시간, 뭔가 잃어버리고 온 듯하여 자꾸 멈춰 뒤돌아본다. 그러다 눈이 마주친, 아니 내 시야를 가득 채운 6개의 방범 카메라, 살짝 흔들리던 내 마음을 6개의 카메라가 지켜보고 있었다. 그리고 기억보다 더 정확하게 저장한다. 주위를 둘러보니 방범 카메라가 참 많다. 어느 순간부터 나는 더 이상 혼자가 아닌 게 되었다. 나를 내내 지켜보는 저 많은 시선들, 그 시선들이 너무나 익숙해서, 아니 내가 담긴 영상을 볼 수 있는 기회가 드물어서 자유롭다는 생각을 하며 산다.

스무 걸음에 하나씩 달린 카메라, 촘촘히 나를 나로부터 분리시켜 주고 있었다. 외국인인데다 중국에는 사람이 정말 많으니 사실 한국에 있을 때보다는 타인의 시선에서 자유로웠다. 일일이 그 많은 시선들을 신경 쓰고 산다는 것은 처음부터 불가능하였다. 그렇게 생각하다 보니 어느 순간 정말이지 다른 사람의 시선과 무관하게 생활할 수 있었다. 그것만으로도 어떤 날에는 큰 만족감을 느끼곤 하였다. 익숙해지는 사람들, 인사를 나누는 사람들이 늘어나면서부터 점점 그들의 시선에 신경을 쓰게 되었다. 그렇지만 어느 정도는 예견된 일이여서 그런지 큰 불편함은 없었다. 그러다가 발견한 저 많은 방범 카메라 앞에서 갑자기 화가 났다. 나를 공유할 생각이 전혀 없었는데 어느 순간 내 모습이 공유되고 있었다. 나와 내 생활을 보호한다는 명분으로 사건 사고를 방지하기 위한 수단인 저 카메라들 속에서 더 이상 나는 자유로운 사람이 될 수 없다.

저녁때 운동을 하러 헬스클럽에 가면 다들 분주하다. 클럽에서 운영하는 다채로운 수업 과정 전후 짬짬이 사람들은 핸드폰을 들여다보고 있다. 열에 여덟은 자신의 운동 모습을 찍어 공유한다. 가상의 공간에 나를 던져놓고 다른 사람들의 시선을 즐긴다. 너무나 익숙한 광경이고 하나의 문화현상처럼 보여 오히려 핸드폰을 들여다보지 않는 사람이 이상하게 보일 정도였다. 운동 중인 내 모습을 거울을 통해 본다. 내 옆에서 뒤에서 함께 운동하는 모르는 사람들의 모습도 거울이 다 보여준다. 내 눈을 지나 그들도 나처럼 다른 사람들을 거울을 통해 본다. 우리는 서로를 의식하고 그런 우리를 방범 카메라가 지속적으로 보고 있다. 자동 저장, 10분 전의 내 표정을 나는 잊고 있지만 방범 카메라는 나의 숱한 표정들을 기억하고 있다. 불공평한 일이다. 낯선 길을 지날 때에도 내 모습을 누군가 보고 있다. 방범 카메라가 없는 도시는 찾기가 어렵고 어느 장소를 가더라도 혼자일 수는 없다. 분명 취지는 좋은데 그 속에서 살고 있는 게 마냥 즐겁지는 않다. 결국 혼자일 수는 없다는 걸 온기 하나 없는 카메라가 알려주었다.

긴 시간 나를 바라보는 눈, 감정 하나 없는 방범 카메라 렌즈였다. 어쩌면 어느 날에는 카메라 렌즈와 눈을 맞추면서 삶을 하소연하는 사람을 볼지도 모른다. 혼잣말을 주저리주저리 늘어놓으면 걷는 길 위에도 달이 뜨듯 카메라가 걸려 있다. 하늘을 쉽게 가리는 방범 카메라, 올려다본 하늘은 온통 방범 카메라뿐이다. 쓸쓸함이 사라지고 두려움이 스멀스멀 촉수를 뻗는다. 무성 영화 속 배우들처럼 그렇게 산다. 속으로 삼긴 마음들까지 저 카메라가 다 알아 차리면 어쩌나, 괜한 걱정을 해 보기도 하지만 그런 날이 곧 오지 않으리라는 장담마저도 섣부르다.

세상은 점점 좋아지는데 그 속에서의 삶은 점점 나빠지고 있다. 많은 것들을 볼 수 있어서일까, 아름다운 삶이라는 말에 방점 두 개를 찍어 본다. 과연 그런 삶이라는 게 처음부터 존재했었나 싶다. 카메라는 거짓을 말하지 않지만 눈빛은 가끔 속이기도 한다. 그래서 아직은 흔들리는 눈빛이 좋다. 흔들린다는 말. 흔들리는 사람들. 부르면 대답할 것 같은 걸음들.

덧입다

식빵을 먹을 때, 처음에는 그냥 맨 빵을 먹는다. 식빵의 원래 맛이 그대로 입안으로 전달된다. 그 맛도 나쁘지 않다. 그러다 버터를 발라 먹는다. 신세계가 입안에서 펼쳐진다. 단지 버터 한 겹을 덧입혔을 뿐인데 식빵은 식빵이 아닌 게된다. 버터를 바른 식빵 위에 잼을 덧바른다. 지금까지 먹어왔던 식빵은 전부 가짜였어, 나도 모르게 내뱉었다. 한 겹두 겹 덧바를 때마다 맛이 달라진다. 깊어진다고 하고 넓어진다고도 하였다. 단순히 취향의 문제로 치부하기에는 맛의폭이 크다.

점심때 들리는 매미 울음소리는 확실히 다르다. 고요함을모르는 도시는 언제나 소리로 채워진다. 여름이 내는 소리, 매미 소리라고 말하려 하는데 갑자기 끼어드는 앨리스의 목소리. 앨리스는 우리 동네 애견 미용실에서 키우는 앵무새다. 사실 앨리스는 일 년 내내 비슷한 목소리를 내고 있었고그 소리 위로 매미 울음이 덧씌워진다. 귀 기울려 듣지 않으면 금방 지나가는 앨리스 목소리. 앨리스가 깔아둔 소리 위로 매미가 지나간다. 소리의 향연이 시작된다.

자동차 굴러가는 소리, 더불어 울려대는 경적 소리, 누가 먼저라고 해도 소리는 어우러져야 제 맛이다. 뛰노는 아이들의 목소리를 따라 개들이 짖는다. 아이와 개가 지나간 자리, 그 위를 살포시 덮는 매미 울음, 간간히 끼어드는 앨리스. 식빵에 버터를 바르고 잼을 바르고 기호에 맞춰 올리는 다양한 음식처럼 소리들도 덧입는다. 아이스커피가 담긴 유리컵, 얼음이 서로 부딪힌다. 녹아가는 얼음이 유리벽에 부딪히며 내는 소리, 그 얼음을 깨물어 먹을 때 나는 소리, 소리가 소리를 덧입는다.

누가 먼저라 할 것도 없이 함께 소리 내는 것 같지만 가만히 들으면 나름대로 규칙적이다. 매미 울음이 강하고 길게 지나가면 그 사이로 자동차들이 지나간다. 강약을 조절하면서 쉼표도 지키고 리듬을 맞추는 소리들. 그러다 어느 지점에 다다르면 일시 정적. 반복적인이 소리들이 여름이라는 판을 짜고 있다. 가을에 올 손님은 누가 먼저일지는 모르지만(모르는 것은 어쩌면 나 혼자일뿐일지도) 그들에게 넘겨줘야 할 판은 언제나 작년보다는 넓어야 했다. 그래서 청각이 무척 예민한 사람은 꽃잎이 벌어지는 소리까지 들을 수 있을지도 모른다.

잼이 발린 버터 식빵이라는 말보다는 식빵 위에 버터가 발리고 버터 위에 잼이 발린다는 게 좀 더 정확하다는 생각이 든다. 뭉뚱그려 한 소리로 듣기보다는 하나하나 쪼개서 들어야 제대로 듣는 것이다. 넓게 퍼지다가 점점이 작아지는 숨조차 내쉬지 않는 저 매미 울음의 휴지, 그 사이를 파고드는 개개의 소리들. 그래서 여름은 언제나 풍성한 그림으로 남는다. 무성한 나뭇잎이 흔들릴 때마다 내는 소리, 깊은 밤 더위에 잠 못 이뤄 뒤척인 줄로만 알았는데 생각해보면 저 소리들 때문이었다. 짙은 초록이 깊이를 더해가는 소리, 지난밤에다 다시 소리를 덧입히고 있었다. 그 소리 아래 귀 기울이다 보면 새벽녘에 가 닿고 그러면 언제나 여름밤은 잠들기 어렵다는 말로 마무리 짓는다.

날마다 깊어지는 소리, 저 깊이에 닿을 수 있다면 앨리스도 나도 매미도 서로의 소리에 응답할 수 있을 것이다. 한낮에는 앨리스가 낮잠을 자는지 지나가던 새가 대신 소리를 내고 있다. 낯선 소리가 새로운 영역을 만들고 앨리스가 깨어나면 다시 그 위에 제 소리를 덧입힐 것이다. 이럴 때 소리의 주인은 조용한 조연이고 소리들이 주인공이다. 오해 없이 비껴가 서로에게 가 닿는 저 소리 위에 나의 소리를 살짝 덧입혀도 괜찮을까?

아기 자세

요가 수업을 진행하는 동안 동작 중간중간에 아기 자세를 취한다. 힘든 동작을 끝낸 다음 잠깐의 휴식인 셈이다. 그래서 아기 자세는 이름처럼 가장 편한 자세 중 하나였다. 엄마 뱃속에서 보냈던 그 편안한 시간을 되새김질하는 자세이다. 모두들 깊은 숨을 내쉬면서 아기 자세를 하고 있다. 방해물 하나 없는 태초의 자세이다. 그런데 나는 아기 자세가 편안 하지 않았다. 아기처럼 바닥에 이마를 대고 몸을 웅크린 그 자세에서 언제나 목이 불편하였다. 웅크린 몸통을 이마로, 아니 목으로 지탱하려 하니 몸통과 머리를 연결하는 목이 여간 불편한 게 아니었다. 매번 어정쩡한 자세를 취하다 보니 아기 자세는 휴식이 아니라 새로운 동작이었다.

어느 날 요가 강사가 내가 취한 아기 자세의 문제점을 지적해주었다. 역시나 이마를 바닥에 대고 엎드릴 때 이마를 무릎 깊숙하게 끌어당기지 않으니 목이 불편하고 그러니 아기 자세가 세상에서 가장 불편한 자세가 된 것이다. 아기 자세, 최초의 그 자세를 올바르게 일러준 사람은 없다.

걷는 방법을 배웠던가. 아기가 처음 물건을 잡고 섰을 때 그리고 한 발 두 발 앞으로 나아갈 때 발바닥 어느 지점에 힘을 줘야 하는지 무게 중심을 어떻게 이동해야 하는지 알려준 사람은 없다. 날마다 한 발 두 발 앞으로 걷다 보면 몸이 자연스럽게 무게를 나눠 싣고 다닌다. 그런데 아기 자세에서 멀어진 시간이 길어질수록 발바닥에 문제가 생겼다. 비단 신발의 문제가 아니었다. 맨발로 바닥을 딛고 서 있을 때 가벼운 산책에도 발바닥은 통증을 호소한다. 내 걸음에는 문제가 없었다. 걷는 자세가 문제였다. 소리 내는 법 또한 비슷하다. 발성을 어떻게 하는지 말을 배울 때 알려준 사람은 없었다. 따라 하는 소리가 내 말이 되었고 그렇게 발성을 하다 보니 일반적인 기준에서 비춰 보더라도 쉽게 피로해지는 성대였다.

알려주지 않지만 가장 안전한 자세를 본능적으로 취한다. 그 본능은 누구에게나 당연하다. 학습해서 익혀야 하는 것들과는 본질적으로 다르다. 그런데도 나는 그 본능에서조차 버거움을 느낀다. 아기 자세에서부터 멀어진 시간이 점점 늘어날수록 버거움의 무게는 더 커질 것이다. 함께 요가를 하는 할머니들의 자세는 편안해 보였다. 요가 강사의 말이 내 생각을 가로지른다. 다른 사람의 동작을 보지 마세요. 요가는 나와 내 몸의 대화이니 내 몸이 하는 말에 더 집중하세요. 제발 다른 사람과 비교하지 마세요. 살짝 당황스럽다.

이마를 바닥에 대고, 아니 정수리를 무릎 가까이 끌어당기면서 엎드린 자세, 세상에서 가장 편한 아기 자세이다. 가능하다면 좀 더 깊이 그 자세 속으로 들어가 보고 싶다. 내 기억의 주머니를 탈탈 털어 최초의 그 자세로 돌아가 그 편안함 속에 갇힐 수 있다면 지금의 번민 따위는 무겁지 않을 것이다.

거칠게 몰아쉬던 숨소리가 잦아든다. 익숙해진 자세가 될 즈음 깨어 있음과 잠듦의 경계에 내가 엎드려 있음을 깨닫는다. 뭔가 편안하다는 생각, 하늘과 바람 냄새가 난다. 구름 냄새도 잠깐 날던 흰나비 냄새도 나는 것 같다. 음악 소리가 잦아드는 순간 나는 아기 자세를 취하고 있었다. 몸을 일으키면 다시 잊어버릴 그 자세를 기억하려 애쓴다. 알고 있다고 믿는 깃들에 미애 잃어버리는 섯늘은 속도가 빠르다. 알기 위해 애쓴 시간보다 더 많은 시간들이 몸의 기억에서 빠져나간다. 붙잡으려 애쓰는 내 몸짓은 언제나 서툴고 힘이 들어가 있다. 힘이 더는 들어갈 자리가 없을 때 그때의 자세를 생각해 본다. 분명 아기 자세는 아닐 것이고 내가 찾으려고 애쓰는 그 어떤 자세일 것이다.

우유진 산문집

상하이 모던
그 시절 나의 모든 사람들

© 우유진 2018

초판 발행 2018년 5월 10일

글 · 사진	우유진
펴낸곳	청색종이
펴낸이	김태형
등록	2015년 4월 23일 제374-2015-000043호
주소	서울시 영등포구 문래동2가 14-15
전화	02-2636-5811
팩스	02-2636-5812
이메일	theotherk@gmail.com

ISBN 979-11-89176-01-3

이 도서의 국립중앙도서관 출판예정도서목록(CIP)은 서지정보유통지원시스템 홈페이지
(http://seoji.nl.go.kr)와 국가자료공동목록시스템(http://www.nl.go.kr/kolisnet)에서
이용하실 수 있습니다.(CIP제어번호: CIP2018011550)

이 책은 저작권법에 따라 보호받는 저작물이므로 저작권자와 출판사의 허락 없이 복제하
거나 다른 용도로 사용할 수 없습니다.

값 13,000원